JN119665

オオカミパパと青鬼の一族
Kawaiko
かわい恋

CHARADE BUNKO

Illustration

榊空也

CONTENTS

オオカミパパと青鬼の一族 ―― 7

あとがき ―― 226

「奈津彦さん、先にコーヒー淹れましょうか」

千明が声をかけると、朝食ができるまでの間テーブルで新聞を読んでいる大神が顔を上げた。

「頼む。仕事のアイデアが出なくて、どうにも頭がすっきりしないんだ」

「お疲れさまです。今回はどんな内容なんですか」

「怖い絵本だ」

大神奈津彦は絵本作家なのである。

代表作は、『ヒツジさんはオオカミさんにとって、とても魅力的で美味しそうな生きものなのです』という一文で始まる、運命のアルファとオメガをモチーフにした大ヒットシリーズだ。

それが大神がいつか出会う運命の番を思って描いた作品と知ったときは、伴侶の千明としてはくすぐったくも嬉しかった。

男性オメガとして少々不利な人生を送っていた自分が、この人と出会うためだったのだと心の底から感謝できたのも、大神のおかげだ。

ハイブリッドアルファと言われるオオカミに酷似した外見を持つ大神は、鼻の上にロイド眼鏡(めがね)をかけた理知的な外見の、千明の素敵な旦那さまである。

「怖い絵本ですか。絵本って考えると難しいですね。おばけとか？」

「それも考えているんだが……、絵本ではおばけは可愛(かわい)いものとして描かれることが多いから、あまりイメージを崩すのもなぁ」

なるほど。

たしかに図書館で借りる幼児向けの絵本のおばけモチーフは可愛らしい。「こわいぞ〜」「たべちゃうぞ〜」と、丸っこいフォルムのおばけが舌を出している。それがまた愛らしいのだ。

「おれ怖い話はぜんぜんダメなんで、その方がありがたいですけど」

想像するだけで背筋が冷たくなって、千明は苦笑いした。

夏になるとテレビでも心霊特集やホラー映画がじゃんじゃん放映される。一人暮らしだったときは夜に思い出すのが嫌で避けまくっていたし、結婚してからもやっぱり怖い。うっかり心霊番組など見てしまった日には、一人でお風呂に入るのも躊躇(ためら)うくらいだ。

子どもたちはかなり楽しみにしていて、キャーキャー言いながら見ているけれども、そんなときはこっそりリビングから避難してしまうくらいである。

「イメージを膨らませるために、どこか取材旅行にでも行くかな」

「幽霊にとり憑(つ)かれちゃったりしないでくださいね」

心霊スポットに行くととり憑かれてしまいそうだとちょっと本気で心配になるのは、怖がりあるあるだろうか。

大神は笑いながら新聞を畳んだ。

「まあ、夏合わせの絵本だし、のんびり考えるさ」

「頑張ってください」

応援しかできないのが申し訳ない。

千明が、「どうぞ」と大神の前にコーヒーを置くと同時に、いつもは一度声をかけただけではなかなか起きない大神家のちびっこ二人が、休日だというのに今日は自主的に起きてきた。

お目当てがあるのだ。

「ママ、あれ開けていい？」

リビングに飛び込んでくるなり寝癖がついたパジャマの姿のまま、三歳の美羽(みう)が千明のズボンを引っ張る。美羽の後ろで一年生のお兄ちゃん、亮太(りょうた)もそわそわしている。

亮太もハイブリッドアルファでオオカミと人間がミックスした外見をしている。性格は引っ込み思案で人見知りで、でも妹想(おも)いのとびっきりやさしい男の子だ。美羽も亮太が大好きで、四人兄妹の中でも特に仲がいい。

ダイニングテーブルで新聞を読んでいた大神が、父親らしく子どもたちを諫(いさ)めた。

「美羽、亮太、まずはおはようの挨拶じゃないのか」

二人は「あ」という顔をして、そろってぴょこんと頭を下げた。

「「おはよーございます」」

声も動きもそろっているのが可愛らしい。

「おはよう」

厳しい顔をしようとした大神も、ついつい顔が弛(ゆる)んでいる。

大神はオオカミとまったく同じ顔立ちをしているので一見表情はわかりにくいが、慣れてしまえば意外に表情豊かなのだとわかる。

千明は「おはよう」と二人に返し、ちびっこたちの小さな肩をリビングに向かって押してあげた。

「取り出してもいいけど、食べるのはご飯のあとだよ」

「「はーい！」」

二人は楽しげな足音を立ててリビングに駆けていく。

子どもたちのお目当ては、大神の妹ゆきから先日贈られたアドベントカレンダーである。

アドベントカレンダーはスイスの有名チョコレートメーカーのもので、家の形をしたカレンダーの窓のひとつひとつに日替わりで違うフレーバーのチョコレートが入っている。

十二月一日から毎日ひとつずつ、日めくりカレンダーのように窓を開けてチョコレートを取り出し、二十四日のクリスマスイブまでをカウントダウンするのだ。

ゆきは「けんかになるといけないから」と、美羽と亮太の兄二人、純と蓮のぶんも合わせて四つもアドベントカレンダーを贈ってくれた。

特に美羽と亮太は初めて見るアドベントカレンダーに大喜びし、最初に開けられる日を今か今かと待っていたから。

「みうちゃ、いっしょに開けよう」

「うん！」

二人は声をそろえて「せーの」と言うと、一日目の窓を開いた。

中に入っていたのは、キャンディ状に両端をねじったピンクの包みに入った、丸いチョコレートである。

「わあっ」

ころんとしたフォルムのチョコレートは大人ならひと口サイズだが、子どもの小さな手のひらだと大きく見える。

「かわいい〜、いちごあじかなぁ？」

いちご味のお菓子が大好きな二人は、目をきらきらさせている。

でもお菓子を食べるのは食事のあと。

「二人とも、席について。朝ごはん食べるよ」

「はぁい」

金色の文字でメーカー名の入ったきれいなチョコレートを宝もののように大事に手に乗せながら、二人はテーブルについた。

「あ、ウサギさんだ！」

お皿に並んだウサギのおにぎりが二人をお出迎えする。

ゴマで目をつけ、切り抜いたハムでウサギの耳の内側のピンクを表現しただけの俵型のおにぎりだが、簡単な割にちゃんと可愛いウサギに見える。

周囲にブロッコリーや人参などの野菜を置けば、それなりに森の中っぽく見えるから不思議だ。

「いただきまーす」

頭から食べるかお尻から食べるかで悩む子どもたちを見て、休日はいいなぁと思う。時間に追われることなく、のんびり朝ごはんが食べられる。

二階から下りてきた純と蓮が、

「おはよう〜、美羽も亮太も早いね」

と顔を出す。

お兄ちゃん二人は着替えを済ませたあとだ。四年生の蓮はサッカーの練習があるのでユニフォームを着ている。六年生の純は友達と図書館に行く約束をしているとかで、文房具を入れたボディバッグを持ってきていた。

「おはよう、二人とも。おにぎりはウサギさんにする？」

千明が尋ねると、お兄ちゃんズは「さすがにそんな歳じゃないよ」と笑う。

大神がいたずらっぽい口調で、

「小学生にそんな歳じゃない発言をされると、俺の立場がないな。俺のおにぎりもウサギさんだ」

そんなことを言うからみんな笑った。大神はいかめしい見た目に反して可愛いものが大好きなのである。

賑やかさに誘われてか、奈津彦の母はつ江もダイニングにやってきた。

「おはよう、みんな。朝から楽しそうねえ。あら、可愛いウサギさん」

「おばあちゃんもウサギさんにする？」

美羽が尋ねると、はつ江は申し訳なさそうに頬に手を当てた。

「そうねえ、ちーちゃんさんが面倒じゃなければ」

「ぜんぜん」

ゴマとハムをつけるだけだ。

「じゃあお願いできるかしら。子どもたちに飲みもの淹れるわね」

「お願いします」

ハムをキッチンバサミで切り抜いていると、愛猫のクーが千明のすねにぐりぐりと頭をすりつけて高い声で鳴いた。ハムの匂いに釣られたらしい。

「みんな食べてるからクーも欲しいよね。でもごめんね、クーはハムは食べられないから、チーズにしよっか」

猫用チーズは常に買い置きをしてある。

家族総勢七人と一匹。大神家は相も変わらずの賑やかさで十二月をスタートした。

1.

十二月に入ると、町はクリスマスカラーに染まる。

大神家が居を構える高級住宅街も、凝った飾りつけをする家が多い。家をぐるりと電飾で彩り、クリスマスモチーフの置物で庭や玄関を飾る。

二つほど離れた通りの家々は近所でグループを作っていて、数年前から飾りを合わせて、シーズンにはきらびやかなクリスマスストリートになる。わざわざ見物に来る人が大勢いるほどだ。

大神家はそこまで盛大に飾りつけはしないが、十二月になるとリビングにクリスマスツリーを置く。

アドベントカレンダーは順調に窓が開いていき、とうとう今日は最後の一日になった。明日から小学校も冬休みに入る。イブの夜には部屋を飾ってDVDを見たり、ケーキを食べたりして家族でささやかなクリスマス会をするのが、大神家の恒例行事である。

「よし、あとはシチューを煮込むだけ、と」

夕食の準備をあらかた終え、千明はカレンダーに目をやった。

（おれが大神家に初めて来たのも、この時期だったなぁ）

ちょうど四年前、クリスマスイブの前日にこの大神家へ住み込みの家事手伝いとして派遣され、奈津彦と運命の出会いをした。

都市伝説だと思っていたアルファとオメガの運命の番――まさか自分がそんな相手と巡り合うなどと思ってもいなかった。

だから千明にとっては、クリスマスはより特別な日なのだ。

毎年クリスマスイブは、子どもたちのリクエストで最初の年に作ったのと同じ、雪だるまシチューが夕食メニューになっている。

ツリーの電飾がぴかぴかと輝き、クリスマスムードは最高潮。すでにプレゼントもツリーの足もとに置いてある。あとは子ども会のクリスマス会に行った小学生の兄たちの帰りを待つばかりだ。

「パパ、クリスマスみにいこ?」

未就学児なのでクリスマス会はお留守番の美羽が、大神の和服の袖を引っ張った。美羽が見たがっているのは、近所のクリスマスストリートのことだ。毎日大神にせがんで見学に行っている。

毎日行きたい気持ちはわかる。千明も何度見に行ったことか。夢の国に迷い込んだようにきれいで、小さな女の子なら自分がプリンセスになったような気分になるのだろう。

それももうすぐおしまいと思うと、寂しい気持ちにもなる。

「いいぞ。じゃあ上着を着なさい」

「はーい!」

千明は美羽お気に入りのピンクのコートを着せてやる。

家にいるときは和服で過ごす大神は、愛用のどてらを引っかけた。

大神は美羽と手を繋いだところで、千明を振り返った。

「せっかくだし、ちーも行かないか」

千明はちらりと、キッチンに目をやる。

「行きたいんですけど、鍋が煮込み途中なんで」

断るが、リビングのソファに座っていたはつ江が膝のクーを撫でながら声をかける。

「あら、行ってらっしゃいな。お鍋はわたしが見ておくから」

「いいんですか、ありがとうございます。じゃあキッチンタイマーが鳴ったら火を止めていただけますか。あと十分くらいなんで」

「それくらい任せておいて」

ありがたい。

町内会のママさんには姑と同居は気を遣うんじゃないかと聞かれたりするが、はつ江はとても親切で人当たりがよく、千明も可愛がってもらっている。千明の心を読んでいるんじゃないかと思うくらい、手伝いが欲しいときだけ魔法使いのように声をかけてくれて、むしろ同居させてもらってラッキーなくらいだ。

千明も白いコートを羽織り、美羽を真ん中にして両側から大神と手を繋いだ。

外に出ると、大神家の前の通りにもずらりと路上駐車の車が壁に沿って並んでいる。みなクリスマスストリートを見物に来た人たちの車だ。

昔ながらの広い一軒家が並ぶ高級住宅地は、それぞれ敷地にもかなりの余裕があるが、住人以外の車が侵入することはほとんどなく道路も広々としている。

道路の両脇には街路樹が植えられ、クリスマス以外の時期はとても静かだ。だからこんな光景を見ると、クリスマスストリートはすっかり名物になったなぁと思う。

最初の年こそ見物人のマナーが悪かったり遅い時間まで騒がしくなって住民から苦情が出たりしたが、翌年以降は時間を決めて消灯し、車や人の整理をしてマナーを守るよう呼びかけた。おかげで、去年も今年も住人からの苦情はないと聞いている。

到着すると、家族連れや恋人たちが写真を撮って賑わっていた。

「あ、かのんちゃん！」

美羽が近所の仲よしのお友達を見つけて手を振る。

かのんは今夏から秋まで一緒に幼稚園お受験の勉強を頑張った関係で、受験が終わっても頻繁に遊ぶ仲である。

「みうちゃん」

かのんも手を振り返し、お互いたたたっと駆け寄って手を繋いだ。

大神と千明は、かのんの母の奈々子に会釈をする。

「こんばんは、小笠原さん」

「こんばんは、大神さん。メリークリスマス」

「メリークリスマスです」

「相変わらずお二人そろって仲がいいのね」

奈々子がふふっと笑ったところで、クリスマスストリートでもいちばん大きな家の奥さんが出てきて、庭に続く門を開けた。

「小さい子たちだけ、保護者さんとご一緒にお庭もどうぞ」

わ、と子どもたちが笑顔になった。

この家のご主人は地元の顔役で、町内会長をずっと引き受けている。奥さんも子ども好きの世話好きで有名で、クリスマス会に行けない未就学児のために、イブの日だけ特別に庭を解放してくれるのだ。

門から庭に続くアーチにはスノーマンが下を通る人を覗き込むように飾られ、庭は一方通行で歩行できるよう手すりつきの通路になっていた。トナカイやソリがあちこちに配置してあり、それらのどれもが明るい電飾でぴかぴかに輝いている。

「かのんちゃん、行こ！」

「うん！」

手を繋いだ美羽とかのんが、足早に階段を昇っていく。

「あ、待って美羽、大人と一緒に……」

追いかけようとした千明を、奈々子が遮った。

「わたしがついていくから大丈夫よ。大神さん、旦那さまとゆっくりしていて」

「え。あ、ありがとうございます」

二人になる時間を作ってくれたのだ、と気づいて頬が赤くなる。

奈々子が子どもたちについていってしまうと、隣に立っていた大神が千明の手を握った。

「奈津彦さん……」

外で手を繋ぐのはちょっと恥ずかしい。

「みんな繋いでいるからいいだろう」

たしかに、残っているのはカップルがほとんどで、手を繋ぐか腕を組んで電飾を見ている。みな自分たちの世界に入っているようで、誰も周囲など気にしていない。

夜空と壁を背景に、おもちゃ箱をひっくり返したような賑やかで楽しい電飾がきらきらしている。白と黄色の電球が動物やキャンディの形を作り、赤や緑の電球がちらちらと点滅して、いつまで見ていても飽きる気がしない。

周りのカップルを見ていたら自分も大神に寄り添うのが自然に思えて、こめかみをちょんと大神の肩に預けて、夢のような光景を眺めた。

「きれいですね」

「ここは、おまえの方がきれいだ、というシーンか？」

「それ昭和すぎますよ、奈津彦さん！」

ぷ、と笑ってしまう。

十四の歳の差夫婦なので、大神は四十一歳だけれども！

「けっこう本気なんだがな」

そんなふうに言われると、嬉しさ半分照れくささ半分で、繋いだ手にきゅっと力が入ってしまった。

オオカミ男の外見をしているのに、和服にどてらにロイド眼鏡。ミスマッチ感がなんとも味がある千明の旦那さまは、かなりのロマンチストなのだ。

「クリスマスになると、おまえがうちに来た日を思い出す」

「おれもさっき思い出してました」

「小さくて可愛くて、どうしようかと思った」

「うそ。最初おっかなかったですよ。怒るし怒鳴るし」

初対面では自分も失礼をしたから、それは仕方ないと思っていたけれど。

「そりゃ完璧に俺好みの見た目で魅力的だったし、しかもひと目見て俺の運命の仔ヒツジじゃないかとビビビッと来てしまえば、動揺もするだろう。それで近くに来られてみろ、襲わずにいるのが精いっぱいで、遠ざけたくもなる」

うわ。

今さらながらのファーストインプレッション告白に照れてしまう。自分は大神を怖いと思いつつも、すごく印象が強くて戸惑うほどだった。やっぱり運命の番だったからなのだろうが。

「今にして思えば、おまえが俺のところに来てくれたのが最大のクリスマスプレゼントだったな。サンタクロースに感謝だ」

それは自分にとってもだ。

サンタクロースは本当にいるのかもな、と大神をちらりと見上げてほほ笑んだ。大神も千明を見ている。

「メリークリスマス、ちー」

「メリークリスマス、奈津彦さん」

手を繋いだまま、夢のような電飾をいつまでも眺め続けた。

「メリークリスマス！」

ぱぁん！　とクラッカーが鳴って、リビングの隅のバスケットにいたクーが驚いて飛び上がった。

慌てて大神の着物の懐に飛び込んだクーが、襟の合わせ目からぴょこんと顔を出す。クーは寒くなってきてから、ふかふかの大神の胸に入るのがお気に入りなのだ。

「よしよしクー、びっくりしたな」

大神が着物の上からぽんぽんとクーを撫でると、「ニャ」と短く鳴いた。オオカミの懐にネコが入っているのは不思議な光景だ。

「じゃあみんな、席についいて」

テーブルの中央にクロカンブッシュを置き、それぞれの席に雪だるまシチューを並べる。

二段おにぎりの雪だるまを中心に、茹でたブロッコリーと丸ごとマッシュルームで森をイメージし、星形に型抜きした人参を添えればクリスマスシチューの完成である。

「今年はビーフシチューなんだ！」

「うん、より森っぽいかなと思って」

去年までは雪らしさを意識してホワイトシチューだったが、白米ならビーフシチューもいいかなと今年は変更してみた。

やってみると、土の上に雪だるまがいるみたいで、やっぱり可愛かった。

「あ！　リースとツリーのピザがある！」

ピザクラストの真ん中を丸く切ってリース状にし、華やかに野菜を飾ったクリスマスリースピザ、そしてアボカドディップで緑色を表し、八つに切って小さなクリスマスツリーに仕立てたクリスマスツリーピザ。

どちらも市販のピザクラストを使えば簡単にできるけれど、見た目が可愛くて子どもたちにも好評だ。

わいわいとクリスマスディナーを食べ、クリスマスケーキも食べ、

「サンタさんにクッキーようゐしないと！」

美羽がグラスに牛乳を注ぎ、クッキーを皿に入れる。

ひと晩中プレゼントを配って回るサンタさんへのお礼に、クッキーと牛乳を用意するのだと友達に聞いた美羽は、昼間千明と一緒にクッキーを作った。サンタさんが来ると、皿とグラスが空になっているという。

千明も子どもの頃は本気でサンタクロースを信じていた。亡き母がこっそりとプレゼントを枕もとに置いておいてくれたクリスマスの朝を思い出す。

恋人に捨てられ、未婚で子を産んだオメガの母には、千明の誕生日とクリスマスにだけケーキとプレゼントを買うのが精いっぱいだった。千明からは、折々に母の似顔絵を。

貧しかったけれど、幸せな日々だった。保育園のお迎えに、母が息せき切って来てくれ

る瞬間が嬉しかった。

千明が大学生のときに亡くなってしまった母にも、家族がいっぱい増えた千明の姿を見せたかったな、と思う。

「サンタさん、プレゼントもってきてくれるかなぁ」

心配そうな美羽に、亮太が声をかける。

「だいじょうぶ。みうちゃ、いい子だったからサンタさんくるよ」

「うん。にーににもくるね」

まだサンタクロースの存在を信じているちびっこ二人に、純と蓮も話を合わせる。

「トナカイさんにも、人参置いといたら喜ぶんじゃない？」

そうしよう！　とキッチンから人参を取ってきて皿に置く。

「これならサンタさんもトナカイさんも喜ぶね」

兄妹四人でわいわいと準備しているのが可愛いな、とほほ笑ましく眺めているところへ、玄関のチャイムが何者かの来訪を告げた。

「誰だろ、こんな時間に」

時計を見ると、すでに夜八時近くなっている。亮太と美羽が目を見合わせ、

「サンタさんかな？」

期待に顔を輝かせる。

まさかサンタクロースということはないだろうが、宅配便か、ご近所さんだろうか。

インターフォンで訪問者を確認すると、見たことのない高校生くらいの少年が映っていた。しっかりしていそうな作りのダウンジャケットとデニム、黒縁の眼鏡。配達員の制服は着ていないから、宅配便ではないようだ。

「はい」

千明が応えると、インターフォン越しに細い声が聞こえてきた。

『あの……、こちら針谷千明さんのお宅でいいでしょうか……』

針谷は千明の旧姓である。

千明の旧姓を知っているなんて、学生時代の友達か以前の職場の人間くらいだ。でもこの人のことは知らない。

「あ、はい。え、と、どちらさまでしょうか?」

驚きながら返事をした。

が、次の瞬間もっと驚いた。

『ぼく、青木と言います。千明さんの弟です』

「え……!」

困惑しながら後ろを振り向くと、大神も目を丸くしていた。

「どうぞ」

テーブルについた少年の前に紅茶を置き、向かいに大神と千明が座る。

子どもたちはとりあえず二階の子ども部屋に移動させた。

「クリスマスイブなのにすみません。明日からお子さんたちは学校の冬休みだから、旅行とかでいなくなるといけないと思って……」

青木少年は、しきりに恐縮して背を丸めながら頭を下げる。

大神が手で勧めた紅茶におそるおそると言った様子で口をつけ、「あ、おいしい……」と呟く様子は、なんとも純朴だ。

千明の弟と名乗った彼は、言われてみればなるほど、千明に似ていなくもない。

特にさらっとした黒髪と、眼鏡越しだが目の辺りに面影がある。オメガである千明は可愛らしいと言って差し支えない顔立ちだが、少年はもう少し男性的に見える。太いフレームの眼鏡でわかりづらいが、目鼻立ちはかなり整っているようだ。

細身だが千明より背が高く、服装は地味で、田舎の少年という表現がぴったり来る。だが突然弟などと言われたら警戒してしまうのは仕方ないだろう。

「それで、どういったご用件で」

緊張しながら千明が尋ねると、少年は隣の大神をちらちらと気にしながら、丸めた背を伸ばした。

「あらためまして。ぼくは青木虎太郎と申します。千明さんの異母弟で、高校三年生になります。千明さん、父や青木家のことはご存じでしょうか」

きゅ、と膝の上でこぶしを握った。

「……いいえ。名前も知りませんでした。母からは、おれの父は旧家の跡取り息子で、結婚に反対されたので別れたとしか」

幼い頃、お父さんどんな人だった？　と聞いたときも、名前ではなく、こんな人という話だけだった。両親の言うことに逆らえず、すでに身籠っていた母と別れて実家を継ぐために田舎に帰ったという。

父の写真は一枚だけ。花壇をバックに母と二人で並んで笑っていた。

やさしい人だと母は言っていたが、自分から見れば気弱なせいで恋人と自分の子を見捨てた頼りがいのない人間だ。

別の家庭を持って子どもがいるとは聞いていたが、他に情報はない。母と連絡を取っていたとも思えない。母が亡くなったときですら、なんの連絡もなかったのだから。

千明にしても、一度も会ったことのない父は現実感がなく、探そうと思ったこともなかった。

「そうですか。実は、祖父が重い病気で先が長くない状態でして」

血縁者の死期が近いと聞けば心が動くが、肉親としての感傷までは浮かばない。

「だったら、こんなところに来るよりお祖父さまの側にいた方がいいんじゃないですか？」

虎太郎は目を伏せて、ぼそぼそと呟くようにしゃべった。

「祖父が余命宣告されたことを受け、どうしても最期に孫の千明さんに会いたいと言い出したんです。絶対に千明さんを連れてこいと言われて、ぼくが迎えに来ました」

「急にそんなこと言われても……。おれ、父にも会ったことがないのに……」

「勝手は重々承知です。老人の最後のわがままを聞いてやってもらえませんか？　もちろん、祖父は千明さんにも遺産の一部を譲るつもりでいます」

まるで報酬で釣るような言い分にカチンと来た。会ったこともない祖父と父に怒りがこみ上げる。

「今さら会いたいって言われても……。おれ、遺産なんていりません。あっても放棄します。お引き取りください」

虎太郎は顔を歪めると、テーブルに額をぶつけんばかりにして頭を下げた。

「気分を害されたなら謝ります！　お願いします、来てください！」

「ちょ、ちょっと……」

「お願いします、お兄ちゃん！」

どき、と心臓が鳴った。

顔を上げた虎太郎の、眼鏡の奥の瞳が濡れている。捨てられた仔犬のような表情に、胸がきゅんと絞られた。

「ぼく、おじいちゃん子なんです。小さい頃から、すごく可愛がってもらって……。そのおじいちゃんの最後のお願いを、どうしても叶えてあげたくて……」

(あ、ヤバい……)

人の泣き顔には弱い。それが自分のせいで泣いていると思えば、どうしようもなく狼狽えてしまう。

しかも、お兄ちゃんと呼ばれて――。

「あの……、でも、急に……、その、おに、お……、お兄ちゃん、て、言われても……」

「嫌ですか……?」

「い、いや、とかじゃ、ないけど……」

しどろもどろになって、大神に肩を叩かれた。

大神はしっかりとした声で場をまとめる。

「虎太郎くん。きみの話はわかった。だが、突然のことで千明は混乱している。少し落ち着いて考える時間をくれないか」

ほ、と息を吐いた。

そうだ、一旦落ち着いて考えたい。

「……わかりました」

虎太郎はごそごそと鞄を探ると、ボールペンとメモ帳を取り出した。

「これ、ぼくの電話番号です。気持ちが決まったらお電話ください。何時でも結構ですので」

ぺこりと頭を下げ、携帯番号を書いたメモを寄こす。

受け取ったメモを見ると、きれいな字で名前と電話番号が書かれていた。賢そうな文字だ。

虎太郎はすぐに席を立ち、

「ごちそうさまでした。今日はこれで失礼します」

と玄関に向かう。

靴を履いてから振り向いた。

「あの……、図々しいとはわかってるんですけど、早めにお返事いただけると助かります」

乗り気ではなく頷いてから、ふと気づいて尋ねる。

「虎太郎くん、ホテルとか取ってあるの？」

こんな時間に尋ねてきたということは、家を出てまっすぐこちらに来たのではないか。

今日はクリスマスイブ。宿泊施設はどこも満室だろう。もし家を追い出されるように出てきたのだとしたら、泊まるところはないのでは？

「大丈夫です。無理かなって思ってたんですけど、何軒かホテルに電話したらキャンセルの部屋があって」

イブに泊まる予定が流れてしまったカップルがいるのだろうと思うと気の毒だが、虎太郎が行く先があるのならよかった。

虎太郎ははにかんだように笑い、頬を染めて前髪を弄（いじ）った。

「心配してくれてありがとうございます。やさしいんですね、お兄ちゃん」

突然の事故みたいに、きゅん、が胸にぶつかってきた。

どうしよう、会ったばかりなのに庇護（ひご）欲が湧いてしまう。お兄ちゃん呼びはずるい。

虎太郎は最後にぺこりと頭を下げた。

「せっかくのイブにこんな話しちゃってすみませんでした。旦那さまにもご家族にも、楽しい時間をお邪魔して申し訳ありません。寒いんで、お見送りは結構です」

きちんとした子なのだ、と思った。

ドアが閉まると、大神がやさしく千明の肩を抱き寄せた。

「さあ、子どもたちを風呂に入れて寝かせよう」

「うん」

あえて虎太郎のことも父のことも口に出さない気遣いがありがたい。いつも通りの時間を過ごすことで、千明の頭を整理させようとしてくれている。

リビングに戻りながら、弟と名乗る少年が出ていったドアをちらりと振り返った。

田舎から不安と責任を背負って出てきて、あの子はどんな気持ちでイブを過ごすのだろう。動揺していたとはいえ、自分ももっとやさしい言葉をかけられたのではないか。

感じなくていいはずの罪悪感を覚えながら、リビングに向かった。


千明はパジャマ姿でベッドの上に膝を抱えて座り、ぼんやりと中空を見つめた。

(血縁……、かぁ)

胸にもやもやしたものが渦巻いている。

美羽が生まれる前までは、肉親といえば十年前に亡くなった母だけだった。どこかに父と、父の子がいるのだということは母から聞いていても、現実感はなかった。

なのに……。

「悩んでるのか、ちー」

風呂上がりの大神が、千明の頭にぽんと手を置いた。

「奈津彦さん」

ベッドのヘッドボードに背を預けた大神に後ろから抱き寄せられた。全身モフモフの大神の毛が、まだかすかに湿り気を帯びている。ハイブリッドアルファ専用ボディシャンプーのいい香りがふわっと漂った。

厚いふかふかの胸に寄りかかるとホッとする。

「虎太郎くんのことが気になるのか?」

「……お兄ちゃんて呼ばれたら、なんか……」

ふっ、と大神が笑った。

「手を差し伸べたくなったんだろう」

見透かされてる。

「まあ、気持ちはわかる。あれは俺もぐっと来た。わざとなのか素なのかわからんがな」

「虎太郎くんの気持ちを考えたら、行った方がいいのかなって思うんですけど」

「祖父と父に会いたくないのか?」

言い当てられて、うつむいてしまう。

「なんか……、もやもやしちゃって」

「なにがだ」

「……よくわかんないです」

なにについてもやもやしているのか、自分でもよくわからない。

大神は千明の背を撫でながら、髪にキスをした。

「口に出したら少しははっきりするかもしれないぞ」

「そうでしょうか……」

自分の気持ちが整理できないまま、もやもやを吐き出すように思いついたことを口にした。

「……おれにとって父方の家族なんて、知らない人の話でしかなくって」

「ああ」

「愛情なんて感じられません。むしろ、父のせいで母が早逝したんじゃないかと思うと、腹立たしいくらいです」

昼間は清掃の仕事をしていた母は、夜間もバイトをかけもちして、いつも仕事をしていた。小さな子を抱えてしょっちゅう突然の休みを申請しなければならない母は、正社員にはなれなかった。

父を恨む気持ちはなかったが、それは最初からいないものとして千明の中に存在していなかったからだ。今、こうして存在がリアルになってくると、どうしても反発的な気持ちが浮かんでくる。

父がいれば、母はもっと楽に暮らせたのではないか。自分も父がいないことで引け目を感じる瞬間や、運動会で寂しさを感じることもなかったのではないか。

父が両親の反対を押し切っても母と結婚していれば。そもそも、父の両親が反対さえしなければ。そんなふうに思ってしまう。

「でも現実に存在していると思うと、一度くらい会ってみたい気にもなるんです。でも、もしかしたら、おれ……、ひどいことを言っちゃうかもしれません」

言いながらだんだんわかってきた。

「怖いんです。死期の迫った人を傷つけるかもしれないことが。逆に、弱った人を前にして、やっぱりなにも言えずに自分の中で怒りが溜まることも。自分がどういう感情をあっちの家族に抱くのかわからないんです」

誰かを故意に傷つけたことはない。もし祖父や父の顔を見て、恨みつらみが出てしまったら？　人を傷つけた罪悪感で、きっと自分も同じくらい傷つく。

「どういう感情になるかわからないから……、もし、あっちの家族の顔を見て……」

あ、と気づいた。

たぶん、自分は怖いというより、これが嫌なのだ。

「……慕わしい気持ちが浮かんだら、お母さんに申し訳ない気がして……」

もともと体力がなかった母に、シングルマザーという心労も追い打ちをかけただろう。頼れる両親もなく、幼い千明を抱えてゆっくり休む暇もなかった。

母から父の恨み言を聞いたことはないが、無条件に慕える要素はない。身籠った母と別れるなんて、敵視してもいいくらいだ。

それなのに、もし会えて喜んでしまったら？　母は怒るだろうか、悲しむだろうかと考えたら、会ってはいけない気がした。

大神は千明をぎゅっと抱きしめる。

「どうだろうな。俺はちーの母には会ったことがないから無責任なことしか言えないが、お母さんはちーが誰かを好きになるより、憎むことを喜ぶ人だったか？」

「……誰のことも悪く言わない人でした」

苦労していたはずなのに、どこかふわふわして少女のような人だった。オメガらしく年齢より若く見えて、授業参観ではどのお母さんよりも可愛かった。人を信じやすく、男に泣かされても決して悪口は言わなかった。

「子どものおれの方が歯痒くなるくらい、お人好しで親切でした」

自分も大変なのに、困っている同僚にお金を貸してあげていた。疲れているのに、頼まれればお互いさまだからといつでも快くシフトを代わってあげたりもしていた。シングルマザーの母を悪く言っていた同じアパートの一人暮らしの老人が熱を出したときでさえ、親身に声をかけ差し入れを持っていった。

「なんだ。おまえにそっくりじゃないか」

「え」

肩越しに見上げれば、金色の瞳が愛おしそうに細められていた。

「おまえならどう思う」

自分なら。

大神の子が腹に宿ったとき、勘違いで一度は彼のもとを去ろうとした。あのときは一人で育てるつもりで。

もしあのまま一人で育てていたら、自分は子どもに大神のことを悪く言うだろうか。いや、お父さんはやさしかったと、きっと言うだろう。

そしてもし、子どもが将来父親に会うことがあるとしたら、仲よくしてくれたら嬉しい。

「でも……、おれ、やさしくできないかもしれません」

やっぱり母が可哀想という気持ちがあるから。

そんな自分は、母より純粋でもやさしくもないのだと思う。

「それはそれでいいんじゃないか」

思いがけず肯定されて、目を瞠った。

「それがちーの気持ちなら、ぶつけていいんじゃないか？　肉親だろう。一度くらい甘えることのなにが悪い」

「甘える……？」

「他人には取り繕ってみせるようなことでも、家族になら素の自分を見せていい。本音を受け止めてもらいたがっていいと俺は思う。なんならわがままだって子どもの特権だ」

ふに、と頬をつままれて、赤面した。

会って後悔するかもしれない。でもこのまま会わないでいたら、それはそれでいつか後悔するだろう。血の繋がりがすべてを洗い流してくれるなどと思ってはいないが、どうせなら後悔しない可能性がある方を選択していいんじゃないかと思った。

「背中を押してくれてありがとうございます。奈津彦さん、お父さんみたい」

「……四人の子の父親ではあるが、おまえにそう言われるのは複雑だな」

大神が微妙な表情をし、太い尻尾をぱたりと揺らした。

「お父さんが奈津彦さんみたいだったらいいな」

甘えて抱きつくと、おもむろにくるんと体をひっくり返されてベッドに背を押しつけられた。

「ひゃっ」

べろん、と長い舌で首筋を舐め上げられ、大神の腕の下で体が跳ねる。

「気持ちは決まったようだな。ではすっきりしたところで、父親ではなく夫だということを再確認してもらおうか」

見下ろす大神の色悪的な笑みに、今までオオカミが紳士の皮をかぶっていたような錯覚を覚えた。

いや、オオカミなんだけれども！

「え……、あ……、別に、お父さんと勘違いしてるわけじゃ……、ん、んんっ……」

薄く長い舌が唇を割って潜り込み、上顎の奥を舐められて思わず目をつぶる。ひらめく舌が踊るように口腔を動き回り、受け止めるだけで下肢に熱がしたたり落ちた。

「は……、ふ、ぁ……、っ」

執拗に舌の表面を舐めこすられて、入り混じった唾液が溢れて唇から零れそうになる。

「ん……」

やっと解放されたときは、息が上がってぼうっとなってしまった。

濡れて半開きになった千明の唇を、大神の親指が端から端までゆっくりとなぞる。うっすらとまぶたを上げて潤んだ瞳で大神を見れば、ピンク色の舌が獣の口周りをぐるりと一周するのが見えた。

「イブだからロマンチックに口説こうと思ってたのに」

すでに獣欲に輝いている金色の瞳に背筋がぞくぞくした。

(食べられるんだ……)

今夜も。

覆い被さってくるたくましい肩に腕を回し、再び唇を割ってくる獣の舌にうっとりと目を閉じた。

2.

『本当ですか！』

翌日の朝、子どもたちがクリスマスプレゼントを開き終わった頃合いを見て、実家に行くことを了承する旨の電話を虎太郎にかけた。

『あ……、ありがとうございます！　無理言ってるのに……、感謝します。じゃあああの、昨日の今日で慌ただしくて申し訳ないんですが、実家の場所をお伝えしたいので、またそちらにお伺いしてもいいですか？』

「お待ちしてます。気をつけて来てくださいね」

『はい！』

電話の向こうで、虎太郎の輝く表情が見えるような声だった。

ともすればやっぱり行くのをやめようかという気持ちに引きずられそうになるが、あの声を聞けば行く決断をしてよかったと思う。

リビングに戻ると、子どもたちが早速クリスマスプレゼントにもらったゲームで遊んでいる。

「あっ、ママ！」

美羽がぴょん、と飛ぶように走り寄ってきた。手には昨日クッキーと人参を入れたお皿を持っている。

「みて！　みて！　サンタさんクッキーたべていってくれたの！　トナカイさんも、にんじんたべてくれた！」

興奮して頬を染める美羽に、

「すごいね！　サンタさん喜んだろうね」

と頭を撫でれば、満面の笑みで頷いた。

もちろん夜中に大神がこっそりと片づけたものだ。だがいつか本当のことを知るときが来ても、高揚した気持ちはきっと温かい思い出になるに違いない。

「美羽～。つぎ美羽の番だよ、おいで」

「はーい！」

兄たちにゲームに呼ばれ、美羽はテレビ前に戻っていった。

ソファに座って孫たちがゲームで遊ぶのを眺めていたはつ江は、ほう、とため息をついた。

「すごいわねえ。わたしなんか目が回っちゃってこんなのできないわ」

「おれもできませんよ」

千明も笑って手を振る。

なにやら立体的に見える画面がくるくると回って、見ているだけで酔ってしまいそうだ。最近の子はすごい。

「あ、そうだ。おれが実家に帰る間、家事はマジックメイドにお願いしときますね。数日で帰ってくるとは思いますけど」

マジックメイドはもともと千明が働いていた家事代行サービスで、大神がオーナーを務めている。年末大掃除のためにすでにスタッフを依頼済みだったから、ちょうどよかった。大掃除はあと回しで、日常の家事をメインに振り替えてもらえばいい。

はつ江はやさしい目をして、千明の手を取った。

「もしそうできそうなら、ゆっくりしてきていいのよ」

父や祖父を大事にしろとか、後悔のないようにとか、直接的な言葉にすると千明が重荷に感じてしまうだろうと思ってか、はつ江の言い方はやわらかい。複雑な千明の心中を察してくれているのかもしれない。

こういうとき、はつ江の温かさは安心する。

「ありがとうございます。長くなりそうならご連絡します。子どもたちのご面倒お願いしちゃって申し訳ないですけど」

千明が笑って答えると、

「家族だもの。なにかあるときは頼ってくれたら嬉しいわ」

はつ江もにっこりと笑う。

家族、とさらりと言ってくれることに胸が温かくなる。

「はい、頼りにしてます」

二人でふふっと笑い合った。はつ江が家を守ってくれるから、安心して出かけられる。

「じゃあ、お昼の準備しますね」

リビングで遊ぶ子どもたちの声を背中に聞きながら、自分にもこんなに賑やかな家族ができたんだと嬉しくなった。


ダイニングテーブルに向かい合わせに座った虎太郎が教えてくれた実家の場所は、車なら五時間ほどかかる場所だった。こちらよりは雪が多く、人口の少ない辺鄙(へんぴ)な土地だという。

「すみません、すごい田舎で不便な場所なんですが……」

しきりに恐縮して頭を下げる虎太郎は、取り繕うように続ける。

「で、でも、温泉もありますし、そこそこ美味しい食べものもあるんです！　もとは旅館をやってたので部屋も広くてたくさんありますから、くつろいでいただけるかと……、あ、建物は古くて申し訳ないです……」

　千明は虎太郎を励まそうと、

「そんな、気にしなくて大丈夫ですよ。遊びに行くんじゃないし。家族を放って長居するつもりもないですから」

　ね、と隣の大神に同意を求める。大神だって千明がそうそう留守にするのは困るだろう。冬休みで学校の行事もないが、年末年始は家族と過ごしたい。行っても二、三日で帰ってくるつもりだ。

「そのことなんですが……」

　虎太郎は申し訳なさそうに、大神を上目遣いで見た。

「実家に連絡をしたら、ご家族もぜひにって言われてしまいまして」

「家族？　まさか全員で？」

　驚いて目を丸くする。

「さっきも言いましたが、もとは旅館をやってたので来客は大歓迎の家なんです。祖父は生き別れていた孫の家族にも、お会いしてご挨拶したいと。ご家族皆さんで、温泉旅行くらいのつもりで来ていただけないでしょうか。祖父の最後の冬になりそうなんです」

　そう言われてしまうと、断るのも忍びない。

「たいしたおもてなしはできませんが、せっかくの冬休みですから、温泉でのんびりしていただければ。ほんと、建物は趣があると言えば聞こえはいいですが、ただの古い日本家屋なんですけど。おばけ屋敷みたいな」

おばけ屋敷と聞いて、千明のビビりセンサーがピコンと反応した。

畳敷きの広い部屋に一人で寝る想像をしただけで、背筋がぶるっと震える。ホラー系が苦手な千明は、そういった話の舞台になりがちな古い日本家屋は恐怖の対象なのだ。

しかももと旅館。なんらかの事故が過去にあったとしても不思議はない。

夜中にうなされて起きたら幽霊が枕もとに……という想像で、血の気が引いた。膝に置いた手をぎゅっと握りしめる。

「おばけ屋敷、行きたい！」

リビングでテレビゲームをしていた蓮が振り向いた。一緒にゲームを眺めていた純が、

「ぼくもちょっと興味ある」

と言いだす。亮太と美羽は「おばけさん、いる？」となにやら嬉しそうだ。

突然顔色を失くして体を硬くした千明を横目でちらりと見た大神が、なにかを悟ったのか虎太郎に向かって深く頷いた。

「ふむ。俺も気分転換を兼ねて、どこか旅行にでも行きたいと思っていたんだ。しかも古い日本家屋なら新作の刺激にもなりそうだし、ちょうどいい」

千明はパッと隣の大神を見上げた。

天の助けに見える。

「よ、よかった……。お願いします、奈津彦さん」

テーブルで様子を見守っていたはつ江が、にこにこしながら言う。

「わたしはクーもいるし、フラダンスのお友達と約束があるからお留守番してるわ。せっかくのご招待なんだから、子どもたちも連れてみんなで行ってらっしゃいな」

「でもお母さまお一人じゃ寂しいんじゃゃ……」

「だったらお友達を呼んでパーティーするわ。本当は年末年始も誘われてたんだけど、迷ってたのよ。うちに来てもらって年越しでどんちゃん騒ぎするから、気にしないでゆっくりしてきて」

いかにもウキウキと話す様子に、はつ江の気遣いを感じる。

千明が心苦しく思わないように考えてくれるはつ江に、心から感謝して頭を下げた。

「ありがとうございます」

大神がやさしく千明の肩を抱いた。

「じゃあ子どもたちも、冬休みの宿題を持っていかないとな。温泉なんて楽しみだ」

大神も、千明の心の負担を軽くしてくれようとする。

みんなやさしい、と涙ぐみそうだ。

「……お兄ちゃんの家族は、いい人ばっかりですね」

顔を上げると、目が合った虎太郎はどこか寂しげにほほ笑んだ。

だがそれも一瞬で、すぐに晴れやかな表情になる。

「よかった。これでおじいちゃんに顔向けができます。ぼくはひと足先に帰って準備をしますんで、用意ができたらいつでも来てください。どうぞ気をつけてお越しくださいね」

そして千明の目を真正面から捉えるように見た。

「では青木家でお待ちしてます、お兄ちゃん」
○○家という言い方と日本家屋のイメージからか、少しだけ背中が冷たくなった。

家を留守にする間の用事を済ませ、自家用車に荷物を積み込み、出発したのは二十七日の夜だった。

早めに夕食を取り、シャワーを使い、車に乗り込んだのは二十時過ぎ。

「夜間の方が道路も空いているしな」

運転手が交代できないのに、渋滞にはまったりしたら大変だ。

前半はわくわく気分だろうが、きっと途中から子どもたちも眠ってしまうに違いない。

その方が長距離の移動には都合がいい。

「すみません、奈津彦さんにだけ運転お任せして」

年末年始で新幹線はすでにほぼ満席だった。家族六人で固まって取れる席は空いていなかったのだ。

虎太郎にもその旨を連絡し、到着が夜中になることを了承してもらった。亮太と美羽は着替えずに寝てしまっていいよう、パジャマを着せている。

「なに、休憩を入れても二時前には着くだろう」

車は滑らかにスタートし、暗い海の広がる海岸線を走っていく。

「ほらほらみうちゃ、夜の海だよ」

「ほんとだ〜、まっくろ」

普段夜間の外出などしないちびっこたちは、興奮して窓の外を眺めている。

二列目にはチャイルドシートを装着して亮太と美羽が、三列目に乗った純と蓮もちらちら視線を外に向けているが、携帯で動画を見たり、音楽を聴いたりしているようだ。

日中のドライブと違い、外も車内も暗い夜間走行は、静かな振動と相まって眠気を誘う。

高速に入ってしばらくすると、後部座席も静かになった。

「亮太くんと美羽は寝ちゃったみたいですね」

後ろを確認すると、亮太と美羽はかくんと首を垂れて気持ちよさげな寝息を立てていた。

純と蓮はまだしっかり目を開けているようだ。

ラジオも音楽もつけない車内は静かで、車窓を流れていく光を見ていると、恋人同士でドライブをしている気分になる。

「眠かったらちーも寝ていいぞ」

大神が声をかける。

ドライバー一人残して眠るなんて申し訳ない。でも心遣いが嬉しい。

「まだ十時前だから大丈夫です。奈津彦さんこそ、疲れたら休憩してくださいね」

「じゃあコーヒーでも飲んでおくか」

サービスエリアで休憩を挟むついでに、ついついホットスナックに目が行くのも、長距離移動の醍醐味だろうか。

トイレがてら車を降りた純と蓮と一緒に、夜だというのにフランクフルトを買ってしまった。

「なんか楽しいね」

純が笑いながら言う。

「ね」

夜気は冷たくて吐く息は白くけぶるけれど、非日常感のある夜のおやつは美味しくて楽しくて、心は温かい。

大神にコーヒーを買って戻り、亮太と美羽の体にかかっているハーフケットをかけ直す。

とても気持ちよさげな子どもたちの寝顔に、ついつい頬が弛んでしまう。

「車の中で眠るの気持ちいいんですよね」

電車とか、バスとか。

眠りにくい体勢なのに、なぜか気持ちいいのだ。もちろん長時間寝ると体が痛くなってしまうから、着いたら早く布団に寝かせてあげたいのだが。

純と蓮も固まった体を伸ばしているが、表情が晴れやかで楽しそうだ。まさに旅行気分なのだろう。

コーヒーをカップホルダーに入れた大神が、純と蓮に声をかけた。

「さあ、行くか。トイレに行きたくなったら、早めに言うんだぞ」

「はーい」

キンと冷えた空気の中、家族を乗せた大神家の車はまた夜道を走り出した。


途中でもう一度休憩を挟み、いつしか千明もうとうとし始めた頃。

夢うつつに、バタン、と車のドアが閉じる音がして、千明は目を覚ました。

(いけない、寝ちゃってたんだ)

大神が懐中電灯を持ち、車のボンネットを開けて中を覗き込んでいる。車のヘッドライトは点灯しているが、周囲は真っ暗で車のエンジンは止まっていた。

千明は子どもたちを起こさないようそっと車を降りると、大神に声をかけた。

「故障ですか？」

「ライトは点くからバッテリーじゃないと思うんだが……。エンジントラブルか、急に止まってしまってな」

周囲を見回せば、舗装された道路ではあるけれど、鬱蒼と木が茂った山道は不気味なことこの上ない。いつの間にかちらちらと雪が降っており、吐く息は白く凍る。今にもなにかが出そうで怖くなって、大神に体をくっつけた。

「ここ、どの辺りでしょう……？　虎太郎くんに連絡して、タクシーとか送ってもらえないでしょうか」

「最寄駅から三十分てところか。もうあと三、四十分で到着する位置だと思う」

事前に大神と確かめた地図では、青木家は最寄駅から車で一時間以上という、かなり中心から離れた場所にある。ただ道自体は複雑ではなく、最終的にはほぼ一本道だった。

「場所わかってもらえるかな。とりあえず電話してみますね」

遅い時間に申し訳ないが、あちらも自分たちの到着を起きて待っているはずだ。

ダウンのポケットに入れていた携帯を取り出し、愕然とした。

「圏外……！」

壁のぶ厚い建物や地下でもなければ電波が入らないということのない地域に住んでいて、外にいるのに圏外というのは衝撃だった。

「そっか……、山の中ですもんね……」

周囲の木々が邪魔をして、電波が届かないのだ。

「どうしましょう、奈津彦さん」

単純に、真っ暗な山の中というシチュエーションが怖い。家族が揃っているからまだマシなものの、一人だったら泣き出している。

大神は、ふむ、と顎に手を当てた。

「この暗さでは修理は難しいな。と言って携帯も通じないか。俺たちが遅いと思った虎太郎くんが迎えを寄こしてくれるか、誰かが通りかかるのを待つか、あるいは……」

「あるいは？」

「電波を探して、俺があちこち動き回るか」

「置いてかないでください！」

思わず大神の腕に取りすがった。こんなところに取り残されるなんて嫌だ！

子どもたちは寝ているし、いや、泣かれるより寝ていてくれた方がいいのだけれど、幽霊でも出たら自分一人では腰が抜けてしまう。大神がいても幽霊はどうにもならないかもしれないが、とにかくこんな真っ暗な山中に置いていかれるのは無理だ。

「一緒にいてくださいよぅ」

ほとんど半べそになりながら、ひしっと大神にしがみついた。

我ながら情けないが、本当に怖い系はダメなのだ。夏休みの子ども向け心霊特集番組も見られないのに。

「まあ、連絡が取れない以上、どっちにしろ車で待つしかないだろう。朝になれば誰かしら車で通りかか……、ん？」

大神が三角耳をぴんと立てた。

「車の音がする」

耳を澄ませながら待っていると、走行音が千明にも聞こえてきた。次いで千明たちの来た方角から光るヘッドライトが木々の間からきらっと目を刺す。

天の助けか！

千明は向こうから視認しやすいよう家の車のヘッドライトの前に立ち、大きく手を振った。

「すみませーん！」

千明の姿を認めた白い軽トラックが、車を少し追い越した位置で止まる。急いで駆け寄ると、窓が半分ほど開いて老人が顔を覗かせた。くっきりとした皺(しわ)は多いが、頑健そうな七十前後の男性だ。

「車ん故障か？」

「そうなんです。急にエンジンが止まってしまって。携帯も繋がらないし、どうしようかと思ってたんです」

「そりゃ困るな、こんなところで。二人か？　一人は荷台になるが乗せてやろうか？」

親切そうな人だ。よかった。

「ありがとうございます。車に子どもたちがいるので、ちょっと連れと相談します。すみません、少しお時間ください」

一人が携帯の繋がる場所まで乗せてもらって虎太郎に助けを求めるか、この男性にお願いして助けを呼んでもらうか。

「どうしましょう、奈津彦さん」

ボンネットの陰から大神が歩き出し、ヘッドライトの中に姿が浮かび上がったとき。

「ひっ！　ひやああああ、バケモノ……っ！」

突然男性の上げた叫び声に千明が飛び上がると同時に、軽トラックは急発進で走り出した。

「え、まっ……！」

待ってください、の言葉も終わらないうち、白い排気ガスを吐き出しながら軽トラック

は遠ざかっていった。

振り向くと、大神が半分口を開いてシベリアンハスキーのような表情をしたまま固まっている。尻尾が一度だけぱたりと揺れた。

「……バケモノ……」

大神がぽつりと漏らした声に、ハッと我に返る。

「あああのっ……、ハイブリッドアルファってほら、珍しいから！　見たことなかったんですよ、きっと……！」

迂闊(うかつ)だった。

自分はもう大神を見慣れているし、サービスエリアでも興味深い視線を投げられはすれど、明るくて人も大勢いる場所ではそこまで騒がれることはなかった。

だがこんな時間に人気(ひとけ)のない山中で、オオカミ男がぬっと現れたら。

軽トラックの男性もさぞ驚いたろう。大神には気の毒だが、想像に難くない。

「いや……、久々の反応だったんで俺も驚いただけだ」

そう言う割に、表情はしっかり傷ついている。その顔を見たら、励ましたくてつい口から言葉が出た。

「あのっ、奈津彦さん、素敵ですからね！　自信持ってくださいね！」

拳まで握って力強く言ってしまってから、あまりフォローになっていないなと気づいてしい。

赤くなる。

大神はふっと表情を弛めて、千明の頭をぐりぐりと撫でた。

「ありがとう、ちー。おまえがそう思ってくれるなら嬉しい」

自分にとっては本心だけれども。それで大神が少しでも喜んでくれるなら、自分も嬉しい。

大神がふう、と息をつくと、冷えた空気に白い息が散った。

「やはり虎太郎くんが気づいてくれるのを待つのがいいだろうな。俺が電波の通じるところまで歩いてもいいが、何時間かかるかわからんし、こんな場所におまえたちを置いていくのも心配だ。子どもたちが冷えないよう、上着も体にかけておいてやろう」

到着まで子どもたちが車内で眠ることを想定して、ハーフケットやブランケットをそれぞれに持ってきている。だがエンジンの切れた車内では暖房も使えないし、どんどん冷えてくるだろう。薄いブランケットでは心許ない。

改めてケット類を子どもたちの首もとまで上げ、脱いでいたジャケットを膝にかける。ぐっすり眠っていてくれるのが幸いだ。

車内の温度がこれ以上上下がらないよう大神と千明も席に戻る。とても静かで、みんなの息遣いしか聞こえない。

だんだん足が冷えてきて千明は眠れそうにないが、大神も眠っている様子はない。

携帯で時間を見ると、午前二時に差しかかるところだ。本当ならもう着いているはずだった。暖房器具の動く音やかすかな電子機器の作動音すらないと、沈黙というのは耳にうるさいほどなのだと、初めて知った。

「奈津彦さん。なんか……、世界に取り残されたような気になります」

「ああ」

世界中で自分たちの家族しか残っていないんじゃないかという気になる。

なんとなく寂しくなって、隣の大神の手を握った。大神もぎゅっと握り返してくれる。

隣を見ると、闇の中に爛々と輝く金色の双眸がこちらを見ていた。

知らない人が見たら驚いて逃げてしまうオオカミの瞳。でも千明からすれば、どんな困難からも守ってくれそうな頼りがいのある夫。大神の目には、この暗闇でも千明の姿が見えているのだろうか。

「ちー」

「奈津彦さん……」

ゆっくりと金色が近づいてきて、千明は目を閉じる。大神のひげが唇の端をくすぐった瞬間、眩しいライトがまぶたを透かして目に届いた。

「え」

前方を見ると、先ほどの白い軽トラックが戻ってくるところだった。

また驚かせてはいけないので大神を残し、とりあえず千明だけ車を降りる。軽トラックの老人の隣には、中年の女性が乗っていた。

横づけされた軽トラックから、女性が降りてくる。運転席の大神をちらりと見て、申し訳なさそうに眉尻を下げた。

「ごめんなさいねえ。お父さん、ハイブリッドアルファなんて見たことないもんだから、びっくりしちゃったみたいで」

娘さんのようだ。

大きな声ではっきりと話す娘さんは、はきはきとして親切そうな空気を醸し出している。

「いえ、こちらこそ。驚かせてしまってすみません。知らずに夜道で見かけたらびっくりすると思います」

軽トラックの運転席に向かって頭を下げた。お父さんが怖々といった様子で車を降りてくると、娘さんは気合を入れるように父の肩を叩いた。

「ほらお父さん、ちゃんと人間だったでしょう」

「いやあ、すまんかった。こんな田舎じゃあハイブリッドアルファに出会うなんて思わなかったもんで、腰抜かしたわ」

大神がそろそろ頃合いだと思ったか、車を降りてきた。

あらためて父娘に向かい、頭を下げる。

「先ほどは驚かせてしまい、大変失礼いたしました。見た目はこうですが、このとおり人間なのでどうぞご安心ください」

お父さんはじっと大神を見つめ、感嘆の息をついた。

「本当にオオカミの見た目なんだなぁ。よく見りゃほれ、山神さまみてえだ」

「山神さま？」

千明が尋ねると、お父さんは両手をこすり合わせて拝む仕草をした。

「ここらにゃあ、オオカミの姿をした神さまの伝承があるんよ。山神さまって言われてるけどな。ご眷属はお犬さまだ」

ありがたやありがたや、と頭まで下げる。

どこの地方にもありそうな話だが、このくらいの年代だとまだ信心深くもあるのだろう。

娘さんが寒そうに肩をすくめる。

「それで、どこまで行く予定だったんですか？　この先はあんまり観光ってところも少ないけど。温泉宿がいくつかあるくらいで」

「三十分くらい行ったところにある集落の、青木さんていうお宅です。ご存じでしょうか」

途端、父娘の空気がピーンと張りつめた。

お父さんがぼそりと「青鬼家か……」と呟く。

（あおおに……？）

そう聞こえ、胸がざわりとした。

父娘が眉を寄せて目線だけで会話をし、頷き合う。なにか不穏な様子に戸惑った。

「あの……？」

娘さんが上目遣いに、千明に尋ねる。

「あそこの旅館はもうやってないけど……。宿泊の予約を？」

「いえ、親戚なんです」

「そう……、それなら……」

なにやら歯切れの悪い言い方をする。

大神も不審に思ったのか、父娘に尋ねた。

「先ほど、青鬼とおっしゃいませんでしたか」

娘は父親を肘でつつき、無理をして作ったような笑顔になった。

「なんでもないのよ。昔の言い伝えでね、この山に鬼が出るって話があったの。それが青木さんの苗字と引っかけて青鬼なんて言われてた頃があって。昔の話よ、気を悪くしたらごめんなさいね」

それだけではなさそうなのが、ものすごく気になる。

が、父娘はもうその話は終わりと言わんばかりに、急いで言葉を続けた。

「で、どうする？　青木さんに連絡して迎えを寄こしてもらいましょうか？　それとも、あなたを青木さんとこまで乗せていく?」

気にはなるが、ここまで親切にしてもらっている人に食い下がるのも失礼だ。

それより今はどちらにするか決めねばならない。

乗せていってもらえたらありがたいが、彼らが戻ってきた所要時間を考えるに、青木家の方が遠いに違いない。こんな時間に遠くまで乗せてもらうのは申し訳ないので、電波の届く場所に行ったら虎太郎に連絡を取ってもらえれば充分だ。

「じゃあ、すみません。ご連絡をお願いしてもいいでしょうか。電話番号は……」

「それは大丈夫。同じ町内会だから連絡先はわかるから」

「そうなんですか。ありがとうございます、助かります。ではあらためて明日にでもお礼に伺いたいので、お名前とご連絡先を伺ってもいいでしょうか」

娘さんは少し困ったように笑い、両手を振って遠慮した。

「いいのよ、これくらい。困ったときはお互いさまってね」

そう言うと、お父さんとそそくさと軽トラックに乗ってしまった。

最後に窓を開け、娘さんは心配そうな顔を覗かせた。

「気をつけてね」

なにを? と問う間もなく、軽トラックは走り出した。途中で車が故障してしまったから、この先の道行きを案じてくれたのだろうか。雪も降っているし。

二人の態度に引っかかりは感じつつ、大神に促されて車内に戻った。

冷えた千明の手を、大神が両手で包んで温めてくれた。


「うーん、疲れましたねえ」

青木家に到着してから保険会社に電話をし、四時近くなってやっと布団に潜り込むことができた。車は明日修理のために引き取りに来てもらうことになった。

千明は手足を思い切り伸ばして体をほぐす。用意してあった寝間着の浴衣のぱりっとした感触が心地いい。

あのあと父娘から連絡を受けた虎太郎が、ミニバンで迎えにきてくれた。高校生なのに運転ができるのかと聞いたら、「うちみたいな田舎だと、移動は車必須ですからね。みんな十八歳の誕生日が来たら免許取っちゃいますよ」と笑って言うので驚いた。

「でもおれより奈津彦さんの方が疲れてますよね。運転お疲れさまでした」

すでに深い眠りについている子どもたちを起こさないよう、隣の布団に寝ている大神に小さな声で言うと、大神は手を伸ばして千明の頰を撫でた。

「お互いさまだ。エンジンが切れている間は寒かったしな。俺は毛皮があるから寒さには強いが、おまえは辛かっただろう」

「奈津彦さんのどてらがあったから大丈夫です」

笑って答えた。

アクティブに動く旅行なら大神も洋服を選ぶが、今回はひとところに滞在することが予定されているので、普段着の和服やどてらを持参したのがよかった。荷物からどてらを引っ張り出し、布団代わりに体にかけていた。

「それにしても、広くてちょっと怖いくらいのお部屋ですね」

もともと旅館だというだけあり、千明たちの部屋は六人分の布団を敷いてもまだまだ余裕がある。天井の梁も高く、立派な作りだ。

きれいな部屋だが、妙に落ち着かない気になるのは広すぎる空間に慣れていないからだろうか。それとも廃業してからしばらく使っていなかったと知っているから、侘しい気持ちになってしまうのだろうか。

到着時は闇に沈む日本家屋に慄いた。まるでミステリー小説のように、雪が積もり始めているのもいっそう不気味だった。静まり返った山の中に佇むもと旅館は、なんだか心霊スポットのようで。

失礼な考えが浮かんでしまったのを申し訳なく思いながら中に入ると、内装は古めかしいものの、とても重厚で高級感があった。

「とりあえず今日はもう寝よう。おやすみ、ちー」

「おやすみなさい」

目を閉じると、さすがに眠気が襲ってきた。

夢うつつにネコの鳴き声のようなものが聞こえた気がして、クーが鳴いているのかな、と思いながら眠りに沈んでいった。

3.

——……待ってるから
流れ込んでくる、悲しい気持ち。
誰かを、なにかを渇望している。
——……の儀式を終わらせるの
ちらちらと浮かぶ、獣のシルエット。ぴんと立った三角の耳と、太くて長い尻尾。
でも、四つ足でいるわけじゃない。立ち上がって……あれは、奈津彦さん？
——もう一度、愛して……
おれは、シルエットに向かって手を伸ばす……——。

＊

「は」

なにかを摑もうと布団から手を伸ばした状態で目が覚めた。

（……どこ？）

目に映る見慣れない天井に、一瞬混乱した。

そうだ、昨夜遅くに青木家に到着したんだった。

時間を見るために枕もとに置いた携帯を取ろうと上半身を起こし、こめかみまで涙が伝っているのに気づいてびっくりした。

(なんでおれ、泣いてんの)

悲しい夢でも見たっけ、と手のひらで涙を拭う。

目覚める直前に夢を見ていたような気もするけど思い出せない。

でもこんなことは家にいてもときどきあるし、疲れていたからいつもと違う状態になっても不思議はないだろう。なんといっても昨夜はトラブルもあったし情緒溢れる建物に圧倒されたから、印象が強くてなにか夢を見たのかもしれない。覚えていないけれど。

時間を見ると、いつもの起床と同じ時間だった。あんなに遅く寝たのに、体内時計ってすごいなと思う。

隣の大神を見ると、まだぐっすりと眠っている。子どもたちも……。

「あれ?」

見れば、布団がめくれていて美羽の姿がない。

お手洗いに行ったのだろうか。

そう思って部屋に備えつけの洗面室を覗いてみたがいなかった。部屋付きの小さな露天風呂や押し入れ、クローゼットも念のため確認したが、室内にはいないらしい。本間に次の間がついた部屋は広いが、隠れるスペースはほとんどないのだ。

部屋の中にお手洗いがあることに気づかず、探しに行ったのだろうか。でも知らない場所で、親も兄弟も起こさずに？

いや、美羽は好奇心が強いから、もしかしたら探検気分で部屋を出てしまったのかも。

探しに行こうと寝間着の浴衣の上に丹前を羽織ったところで、広縁の向こうに見える中庭でちらりと明るい服の色が動いた。

あれは昨日美羽が着ていたパジャマ。

中庭に出ていたのか。おそらく、目が覚めたら知らない場所にいて、楽しくなってしまったのだろう。よかった、遠くに行っていなくて。

「仕方ないな」

安堵の息をつき、美羽のコートを手に持って縁側から中庭に回る。パジャマのままでは風邪を引いてしまう。雪はやんでいるが、地面はすっかり白くなっている。家の方ではあまり雪が降らないから、雪ウサギでも作っているのだろうか。

美羽はしゃがんで、せっせと手を動かしている。後ろから近づいていくと、なにかしゃべっている声が聞こえた。

「……から、ぺったんこのやつね」

独り言？

「美羽」

声をかけると、美羽はパッと振り向いた。

「ママ」

「寒いのに、そんな薄着じゃ風邪引くよ。ほら、上着を着て」

美羽は今寒いことに気づいたように、きょろきょろしてからぶるっと体を震わせた。

コートの袖を通してやり、素足に靴を履いていて寒そうだったので抱っこする。

「なにしてたの？」

「あかちゃんとあそんでた」

「え？」

ぞ、として周囲を見回す。小さな日本庭園を模した中庭は明るく、人影は見当たらない。

「赤ちゃんて……、え、一緒に遊んでたの？」

「うん」

さあっ、と背中が冷たくなる。

「だ……、誰もいないよ？」

「あれぇ？」

美羽はきょろきょろと辺りを見回す。

「そもそも、どうしてお部屋から出たの？　探検ごっこ？」

「まどがこんこんってしたから、みたらあかちゃんがいたの。ゆうたくんみたいなこ」

ゆうたくんは、近所の男の子だ。一歳半になって歩くのも言葉も上手になり、可愛い盛りである。美羽が弟のように可愛がって、会えばなにかと世話を焼いている。

「美羽……、ママ、美羽が嘘ついてるとは思わないけど、もしかしてまだ眠いんじゃない？　お布団に戻ってもう少し寝ようか」

寝ぼけている。そう思いたい。

だが美羽は目をぱっちりと開けて、ぶんぶん首を横に振った。

「もうねない。あかちゃん、おうちはいっちゃったのかな。いし、じょうずにできたのに」

美羽がしゃがんでいたところに目を向けると、いくつかの石が縦に積んであった。偶然なのだろうが、賽の河原を思い出して不気味なことこの上ない。

「と、とりあえずお部屋に戻ろっか」

もうここにいたくない。

そそくさと美羽を連れて部屋に戻った。石の方は、怖いから極力見ないようにして。

部屋に戻ると、ちょうど大神が起き出したところだった。

「おはよう、ちー。そんな格好をして、散歩にでも行ってきたのか」

「それが……」

言いかけたところで、部屋のドアが控えめに叩かれた。眠っていたら気づかない程度の遠慮がちな強さで。

大神がドアを開けに行くと、虎太郎がさわやかな笑顔で立っていた。

「おはようございます。昨夜は遅かったからまだ眠っていらっしゃるかもと思ってたんですが」

「おはよう。虎太郎くんこそ、早起きだな」

「普段から町の高校に通うのに早起きしてるから慣れてます」

眠いだろうに、こちらに気を遣わせないように言っているのだろう。

高校生なのにそれだけ気を遣っているんだと思うと、彼のためになにかしてあげたい気持ちがむくむくと膨らんでくる。

「朝食、八時頃でいいですか？　それまで、よかったらお風呂でもどうかなと思って声をかけに来たんです。部屋のお風呂も使えるようにしてありますけど、天然温泉の露天風呂もあるんでご案内しようかと思って」

「露天風呂か」

大神が嬉しそうに言う。

「他にお客さんがいるわけじゃないんで、貸し切り状態ですよ」

それは楽しみだ。

大神と亮太はハイブリッドアルファということで、公共のプールや浴場にはほとんど出入りしない。

禁止されているわけではないが、動物のように毛が抜けると思われることも多いからだ。実際は毎日シャワーを浴びて体も洗っているので、人間の髪の毛と同程度で獣臭もないのだが。

特に引っ込み思案な亮太が人目を気にすることもあり、旅行先では温泉であれば家族風呂などを選んでいる。

「じゃあお言葉に甘えて、使わせていただきます。みんなで行こうよ」

純と蓮は、千明たちが虎太郎と話している間に起きていた。

「ぼくたちはあとでいいよ。家族と一緒に入るってもう、ねえ?」

「うん。朝ごはんのあとで入るよ」

二人で顔を見合わせ、な、と言い合う。

確かに小学六年生と四年生ともなれば、友達や兄弟はともかく親と風呂に入るのは乗り気になれないだろう。というより、千明と一緒には。

その証拠に、家では亮太と美羽をお風呂に入れてくれる。おそらく大神だけだったら一緒に入ることに抵抗はないに違いない。

彼らにとっては千明は同性ではあっても、父親の妻でもある。オメガということもあり、普通の男性と同じに見られないのは当然である。

寂しい気持ちがないわけではないが、これも彼らの成長だ。

「そっか。じゃあ先に入らせてもらうね。美羽、お風呂行こ。亮太くん、起きられる？温泉あるんだって」

亮太を起こすと、眠そうに目をこすりながらも「おんせん、いく」と嬉しそうに笑った。

大神が亮太と、千明が美羽と手を繋ぎ、虎太郎の案内で露天風呂に歩いていく。

「あっちが食事処になってるんで、お風呂出たら来てくださいね」

「なにからなにまですみません」

「そんな。他人行儀ですよ、お兄ちゃん。遠いところ来てくれたんだから、おもてなしさせてください。と言っても、今は住み込みのお手伝いさんも二人だけなんで、行き届かないところはあるでしょうが」

お手伝いさんが二人もいること自体がすごい。閉鎖したとはいえ、これだけの広さの建物や敷地を管理するのは大変なのだろう。

「さ、ここです。お好きに使ってください」

虎太郎がからからと引き戸を開けると、明るい脱衣所の向こうに、湯の上を白い湯気がやわらかく滑っていく岩風呂が見えた。

「わあっ」

「おんせんだー！」

亮太と美羽がはしゃぎ、早く入ろうと手を引っ張る。

「ゆっくり楽しんでくださいね」

虎太郎が行ってしまうと、子どもたちは我慢できないように慌てて服を脱ぎ捨てた。

「二人ともー、お風呂に入る前に体を流して。走っちゃだめだよ、滑ると危ないから」

「はーい」

湯に飛び込みたがってそわそわする子どもたちの体を洗っている最中も、どうしても大神の姿に目が行ってしまう。

身長二メートル近くある巨軀(きょく)に、全身獣毛に覆われたリカントロープ(獣人)。木々が生い茂った背景の自然と相まって、いつもより野性味が増して見える。

(かっこいい……)

大きな肩も、しっかりした腰までの背中のラインも、たくましい筋肉のついた長い手足も、惚(ほ)れ惚(ぼ)れと見つめてしまう。特に風呂とベッドでは、トレードマークの眼鏡がないぶん、荒々しいほど野性的だ。性的にというより、生きものとして憧れる。

（なんか、お風呂に入る前にのぼせちゃいそう）

赤くなった頬をこすり、自分と美羽の体の泡を流して立ち上がった。

「おれ、お湯が熱すぎないか確かめてきますね」

岩の間に湯に続く階段があり、そろそろとつま先を湯に浸す。

「あ、ちょうどいい」

湯は熱すぎずぬるすぎず、これなら亮太も美羽も入れそうだ。

岩風呂とは別に、四阿（あずまや）の中に檜（ひのき）の風呂があり、そちらもなみなみと湯を湛（たた）えている。大神は檜風呂に体を沈めた。

ざぶりと波立ち、溢れた湯がきらきらと浴槽から流れて床を濡らす。

「これはいい」

大神も気持ちよさそうに目を閉じ、縁に頭を乗せてゆったりと湯に身を任せた。

亮太と美羽はきゃいきゃいと騒ぎながら、岩風呂に注ぎ込む湯を手で受け止めたり、きれいな色の葉っぱを浮かべたりして遊んでいる。

「気持ちいい……」

昨夜の疲れも湯に溶けて消えていくようだった。雪景色の中、温かい風呂に浸かるのは最高に気持ちがいい。

今朝（けさ）の出来事もすっかり忘れて、千明は心地いい湯に全身を浸して空を見上げた。

風呂を出て全員浴衣と丹前姿で廊下を歩けば、すっかり温泉旅館に旅行に来た気分だ。

せっかくだからと浴衣に着替えた純、蓮と一緒に食事処に行くと、囲炉裏(いろり)のある情緒溢れる朝食が待っていた。

「すごーい！」

子どもたちは初めて見る囲炉裏に目を輝かせた。

囲炉裏をぐるりと取り囲む形のテーブルに、一人分ずつきれいに盛られた小鉢や碗(わん)がセットしてある。小鍋には湯豆腐が、囲炉裏には焼き魚が串に刺さり、亮太と美羽のぶんはソーセージやミートボールがついたお子さま仕様だ。まさに旅館の朝食。

「なんだかすみません……」

ここまでしてもらうと恐縮してしまう。

虎太郎は照れたように笑った。

「簡単なものならぼくもお手伝いさんも作れますけど、さすがに今回は臨時で町から料理人を呼んでいるので、配るだけだから大したことしてないんです」

甲斐甲斐(かいがい)しく味噌汁(みそしる)を配る虎太郎に、

「手伝います」

と盆を受け取ろうとするが、笑顔のままやんわりと手で止められてしまった。

「お兄ちゃんは座っていてください。きちんとお客さまとしておもてなしするよう、父からも申しつかってますから」

そうだ。父はどこにいるのだろう。

「おと……、父、は、どちらにいるんですか？　ご挨拶しないと……」

お父さん、と言いかけて、馴染めなくて父になってしまった。

「仕事で別のところに住んでいるんです。この村では仕事といったら農業くらいしかありませんから。今日が仕事納めなんで、明日には祖父を病院から連れて帰ってくると言っていました」

「そうなんですか。じゃあ、お母さまは？」

「二人の姉と一緒に、父とはまた別のところで暮らしています」

では虎太郎は、ここに一人で住んでいるのだ。住み込みのお手伝いさんがいるとはいえ、高校生が家族と離れて一人は寂しいだろう。

「それは寂しいね」

「慣れました。母と姉とは幼い頃から別居ですし、旅館を畳んで父が出ていってからも五年近く経ちますから」

「え」

そんなに？

「おじいちゃんがいてくれたから、寂しくなかったですよ」

なんでもないように、虎太郎は笑う。

だから、おじいちゃん子なのだ。でもその祖父も、余命宣告を受けて今は病院に……。

虎太郎は人の好さそうな笑顔で、子どもたちに「美味しい？」と尋ねたり、てきぱきと飯をよそったりしている。普段から家事に慣れている手つきだ。高齢の祖父の世話もしてきたに違いない。

無理に手伝うとかえって迷惑になる気がして、千明はおとなしく椅子に座り直した。虎太郎一人に働かせていることが申し訳なくて、尻の据わりが悪い。

そんな千明を見て、大神は宥めるようにほほ笑む。

「ちー。美味しくいただくのが、いちばんの礼になるぞ」

言われてハッとした。たしかに暗い顔をしていては失礼だ。

「ですね。美味しそう、いただきます」

笑顔を作って椀を取り、汁物をひと口啜ると、野菜と出汁のうま味がふわっと口中に広がった。

「おいしい……」

思わず声が漏れるほど美味しい。

「よかった。魚は串のままどうぞ。骨に気をつけてくださいね」

虎太郎が囲炉裏の周りに挿してあった川魚をそれぞれの皿に乗せると、子どもたちが大喜びした。

「昔ばなしに出てくる魚みたい！」

魚の口からぶすりと刺さった木の棒が童心をくすぐるのはすごくわかる。亮太と美羽には骨を避けて食べるのは難しいが、見たら食べてみたくなるだろう。それをわかって、虎太郎はちびっこのぶんも用意してくれていた。

「骨のなさそうなところを、ひと口だけでいいんです。食べさせてあげてください。楽しいことをしたっていう体験をしてもらいたいんです」

虎太郎の気遣いひとつひとつが温かい。自分の弟がやさしい人間だと知れて嬉しい。

亮太が焼きたての魚をかじってはふはふしながら、

「おいしいね、ちーちゃ」

と言うので、もっと嬉しくなった。

朝食を終えて部屋に戻ると、すでに布団は上げられていた。お茶とお菓子も用意してある。

「至れり尽くせりだな」

結局食器の片づけも手伝わせてもらえなかった。

純と蓮は風呂に行き、亮太は冬休みの宿題の絵日記を描き始めた。美羽も一緒にお絵描きをしている。

「俺は保険会社にもう一度電話して、車の修理に来てもらう。悪いがちーは子どもたちについててくれ」

「わかりました」

昨夜は遅かったこともあり、車の引き取りは起きてからと言うことで話がまとまっていた。立ち会いのため、大神は車を置いてきた場所まで戻ることになっている。

服を着替え、のんびりと茶を啜っていると、虎太郎が大神を迎えに来た。

「大神さん、そろそろ出ますか。お手伝いさんが送っていきますんで、ついでにご紹介しておきますね」

虎太郎の後ろには、初老の男女が立っていた。

二人とも落ち着いた色合いのこざっぱりとした服装をしているが、どことなく表情が暗い。というか、無表情と言うべきか。

「こちら、ぼくが生まれる前からここで住み込みで働いてくれてるご兄妹で、諭吉さんと美津代さんです。美津代さんは主に料理や掃除洗濯の家事全般を、諭吉さんは庭と建物の手入れ、ほか力仕事や雑用一般をしてくれてます」

二人は声もなく、頷くように頭を下げる。

が、視線は大神に据えられていた。ハイブリッドアルファが珍しいだけかもしれないが、それにしては目つきに熱がないというか、まるで品定めをしているような……。

大神も不審に感じているだろうが、なにも聞かずにそろって頭を下げた。

「お世話になります。どうぞよろしくお願いします」

やはり返事はない。

虎太郎だけが笑顔で、「じゃあ諭吉さん、お願いしますね」と大神と諭吉を促した。

二人が行ってしまうと、美津代も静かに去っていった。残った虎太郎はにこやかに、

「特に観光はありませんが、小さな集落ですし、お散歩していただいても危険はありません。父と祖父は明日来る予定なんで、今日はお兄ちゃんのご家族でゆっくりしてください。ぼくもお昼まで少し休ませてもらいますので」

そう言って立ち去りかけた。

「あ、虎太郎くん。この辺りに一歳くらいの赤ちゃんはいるかな？　朝、庭に迷い込んできたらしいんだけど」

虎太郎の表情がふと消える。

笑顔の仮面がぽろりと落ちたようでどきりとした。

「……ええ、まあ。ときどき来るんですよ。お母さんが探しに来てすぐ連れていきますけど」

浮かべた笑みは、今までの虎太郎とはどこか違って見えた。

母親などいなかったと思うが、なぜか聞ける空気ではなかった。

「じゃあ、お昼が用意できたら呼びに来ますね。十二時半くらいでいいでしょうか。またあとでね、亮太くん、美羽ちゃん」

「はーい」

亮太と美羽に手を振ると、二人も手を振り返した。

虎太郎が行ってしまってから、胸がもやもやして心臓の上に手を当てた。

「ちーちゃ、見て」

亮太が描き上がった絵日記を得意げに千明に見せる。亮太はお絵描きが好きなのだ。

「わあ、上手に描けたね……、え……？　これ、誰……？」

絵には、風呂に浸かる大神と千明、そして岩の洗い場で遊ぶ三人の子ども。一人は小さなオオカミで亮太、一人は髪を下ろした美羽、そして美羽より小さな――――。

「男の子、いたよ」

ひぃいいいいい――――……っ！

と心の中で叫んだ。

「いや……、ちょ……、待って……、し、心臓が………」

ぎゅうっと心臓を握られたように痛い。

おそるおそる部屋の中を見回す。明るい室内なのに、梁の陰や押し入れの向こうになにかが潜んでいるような想像に囚われる。

そこへ、純と蓮が賑やかに戻ってきた。

「たっだいま～」

「温泉気持ちよかった！」

恐ろしい空気を浄化するような二人の明るさに、後光が差しているような気持ちになった。

「ね、ねえ、お風呂に他に誰もいなかった？」

赤ちゃんとか。

二人は当たり前のように口をそろえて言う。

「ぼくたちだけだったよ」

「他に泊まってる人いないいんだよね？」

よかった！

「あ、でも」

　と純が思い出したように言って、ぎくりとする。

「戻ってくるとき、女の人とすれ違った」

「……美津代さんかな。さっきご挨拶したけど、ここで住み込みでお手伝いしてくれてる人。六十歳くらいで、半分くらい白髪で後ろでひとつにまとめてて、茶色い服を着てて……」

　そうであって欲しいという願いから、ついつい描写が細かくなる。

　純と蓮が顔を見合わせて、

「若い女の人だったよ」

　と言ったときは、比喩でなく気が遠くなった。

　逃げ出したい。ものすごく。


　昼前に大神が戻ってくるなり、涙目で飛びついた。

「奈津彦さぁぁぁん……！」

　ひしっとしがみつくと、大神が目を丸くする。

「どうした」

「やだもう、帰りたいですぅ、赤ちゃんとか女の人とかいておれもう心臓が痛くて泣きたくって……」

ほぼ泣きべそで、自分でもなにを言っているかわからない状態だ。

よしよし、と千明を抱きしめた大神が背中を撫で、たくましい体に包み込まれてやっと安心した。

「落ち着いて話してみろ」

ぐすぐす鼻を啜りながら、今朝美羽が庭で赤ちゃんと遊んでいたと言っていたこと、亮太の絵、純と蓮が見た女性の話をした。こうなってくると、山中で車が故障したのもなんらかの祟(たた)りなのではと思えてくる。

大神は、ほう、と顎に手を当てた。

「なるほど。まさにおばけ屋敷のスタンダードだな。絵本のインスピレーションを得るには効果的だ」

「そんな悠長な!」

作家の大神には栄養分でも、怖がりの自分にはただ寿命を縮めるだけで、むしろ生気を吸い取られてしまう。

「まあまあ、待て。今のところ、子どもたちに見えただけで実害はないんだろう?」

「そうですけど……」

自分にも見えてしまったら卒倒しかねない。

「少なくとも、虎太郎くんとお手伝いさん兄妹はここで暮らしているんだ。すぐにどうこうなるとは思い難い」

たしかにホラー映画なんかでは呪われた家や心霊スポットは無人で、そこに行くことで憑かれてしまうことが多いけれど。

「でも、見えるだけでも嫌です……」

いつ怨霊が牙を剝いて襲ってこないとも限らないではないか。

「しかし、今帰って家に霊を連れていってしまったらどうする」

「怖いこと言わないでください！」

可能性がなくはない、と考えると、八方塞がりの気持ちになった。

「とにかく、子どもたちを不用意に怯えさせないようにしよう。純と蓮は？」

「集落を探検に行くって二人で出てっちゃいました」

さっき虎太郎も散歩に出て大丈夫と言っていたから、危険はないだろう。集落を外れないよう言い聞かせてもある。

美羽と亮太は、昨日の移動と朝から風呂ではしゃいだせいか、今しがた疲れて寝てしまったところだ。

「まずは虎太郎くんに話を聞いて、もし心当たりがあるなら対策を考えるとしよう」

「はい……」

さっき赤ちゃんのことを聞いたときに表情を失くした虎太郎を思い出し、彼はなにか知っているのではと思った。


「簡単なものですみません」

と言われて出てきた昼食は、料亭の仕出し弁当のような立派な会席膳だった。

恐怖に怯える千明にすら美味しい料理ばかりで、子どもたちも満足そうだ。

(これでおばけ屋敷でさえなかったら……)

はあああ、と心の中でため息をつきながら料理を口に運んだ。

食後に虎太郎が緑茶を淹れてくれたときに、そろそろいい頃かと前のめりに声をかけた。

「虎太郎くん、あとでちょっと聞きたいことがあるんだけど、時間もらえるかな」

虎太郎はにっこり笑った。

「もちろん。でも、さっき蓮くんとサッカーやる約束しちゃったんです。帰ってきてからでいいですか?」

「虎太郎にいちゃんもサッカーやってたんだって！」

蓮が嬉しそうに話す。純も、

「さっき虎太郎さんに集落のはずれにお寺があるって聞いて行ってみたんだ。古いお墓がいっぱいあって、すごい雰囲気あってよかった」

いつの間に仲よくなったのか、純も連もまるで以前からの知り合いのように虎太郎とおしゃべりしている。

虎太郎の雰囲気がやわらかくて人当たりがいいから、子どもも話しやすいのだろう。

「観光はないけど、温泉でゆっくりして美味しいもの食べて、冬休みの思い出にしてくれたら嬉しいな。亮太くんと美羽ちゃん、凧揚げってやったことある？　お正月にやってみようか。夏ならバーベキューもできたんだけど」

懸命にもてなそうとしてくれて、嬉しくも申し訳なくもある。

「お兄ちゃんと旦那さまは、お部屋でゆっくりでもお散歩でもどうぞ。なにかあったら諭吉さんか美津代さんに言ってもらえれば。ぼくは純くんと蓮くんを連れて車で近くの小学校の校庭に行ってきますんで」

感謝を込めて、虎太郎の目を見ながら礼を言った。

「ありがとうね、虎太郎くん」

「うん、ありがとう」

虎太郎は千明の目を見て一瞬だけ瞳を揺らし、すぐにもとの笑顔に戻った。

「こちらこそ。こんなところまで来てくれてありがとうございます」

どこか、寂しさを感じるような表情だった。

4.

純と蓮が虎太郎と一緒に出かけたあと、大神と千明は亮太と美羽を連れて集落の見学に出かけた。

昨夜はあまり眠っていないから体を休めたいが、単純にあの部屋にいるのが怖かったのだ。体は休めても気が休まらない。

あらためて外に出て明るい光の中で建物を眺めると、昭和に作られたと思しき純和風の堂々とした日本家屋である。木々に囲まれ、青い空の下でなお、雪を被って灰色がかって見えるその姿は、まさに昭和のホラーやミステリの舞台のようだ。ザ・犬神家といったところか。大神と字面が似ているのがなんとも因縁めいている。

心霊ホラーもごめんだが、殺人事件もお断りしたい。

虎太郎曰く、この辺りはいくつかの集落が固まってひとつの村になっていて、昨夜助けてもらった父娘も違う集落の人間だということだった。

ちなみに青木家のある集落は村の中でもいちばん古く、現在の人口は二百人ほど。

老人が多く、ほとんどが農業で生計を立てている。青木家が秘湯の温泉旅館として営業していた頃は、住み込みの仲居さんがいてもう少し賑やかだったのだとか。

せめてその頃に来たかった。

純と蓮が連れていってもらっている小学校は別の集落にあり、村中の小中学生が一つの学校に通っているとのことだった。

「はぁ……」

ため息をつくと、手を繋いでいた美羽が千明を見上げた。

「ママ、つかれた？」

「あ、ごめんごめん。そう、昨夜ちょっと遅かったから」

慌てて取り繕う。

大神が手を繋いでいる亮太を見て、この子たちには赤ちゃんが見えたんだよなぁ、と思うと背中がひんやりする。まさかついてきてはいないだろうなと、後ろを振り返った。いや、見えても嫌なのだが。

青木家の敷地を出ると、道の両端に家々が並んでいた。

どれも新しくはないが、ゆったりとした敷地に大きめの家が建っている。だがすでに空き家と思われる家も目立つ。

遠くまで畑が広がっていて、時間が止まったという表現がしっくり来るような土地だ。

「あ」

と美羽が声を出して、どきーん！　と心臓が飛び上がった。

「な、なに……?」

「おじいちゃん」

美羽が指差す方を見ると、なぜ杖をつかないのか不思議なほど腰の曲がった老人が、古い家屋から出てくるところだった。

ホッとした。普通の人間だ。

つい安心して声をかける。

「こんにちは」

老人はぎぎぎ……、と関節から音のしそうなスピードで、顔をこちらに向けた。と、大神を見て目を丸くする。

「ははあ……っ!」

時代劇でもなければ聞かないような声を上げ、突然地面にひれ伏した。

「ちょ……、どうしたんですか⁉」

千明は慌てて老人に駆け寄り、身を起こそうと手をかける。老人はどこにこんな力が残っているのかと思うような強さで顔を伏せ、頑として上げない。

老人は小声で「なまんだぶなまんだぶ……」と呟きながら、両手をこすり合わせて大神を拝む仕草を続ける。

大神は老人を刺激しないよう、やや距離を保って膝をつき、声をかけた。

「失礼します、なにか勘違いされていらっしゃるようですが、わたしは普通の人間です。見た目は少々信じ難いかもしれませんが」

ハイブリッドアルファを見たことがなければ、バケモノか妖怪のように思われても不思議はない。昨夜の軽トラの男性のように。

「ひゃぁ～、山神さまにお声を……、ありがたやありがたや……」

どうやら襲われると勘違いされているわけではないようだと気づき、大神と顔を見合わせる。昨日父娘から聞いた、山神の話が頭をよぎった。

「あの……、違います、神さまとかじゃなくて……」

頑(かたく)なな老人に困っていると、背後で「おお……」「山神さま……」という声が聞こえ、振り向いた。

老爺(ろうや)と老婆が、やはり地面にしゃがみ込んで両手を合わせていた。

「えええ……？」

なにがどうなっているのやらと困り果てたとき、しっかりとした男性の声がかかった。

「山神さま、ようこそいらっしゃいました」

声のした方を見上げれば、袈裟(けさ)を纏(まと)った壮年の僧侶がぺこりと頭を下げた。

そういえば純が、集落の外れに寺があると言っていた。そちらの住職か。

僧侶は芝居がかったいかめしい声で、老人たちに言った。

「山神さまはわたしが歓待いたしますゆえ、どうぞおうちにお戻りください」

老人たちはありがたそうに僧侶に向かって頭を下げる。

どうやら自分たちがこの場を離れなければ彼らも動きそうにないと見え、僧侶は目線で「こちらへ」と千明たちを促して集落の奥に向かって歩き始めた。

慌てて子どもたちを連れて大神とともに僧侶の後を追い、途中で老人たちを振り返る。

彼らは律義にも、大神の姿が消えるまで顔を上げることはなかった。


寺の住居部分に通され、畳敷きの部屋で茶を振る舞われた。

僧侶は大神と同年代で、がっしりとした体つきと意志の強そうな太い眉をしている。

「わたしはこの寺の住職をしております、橘（たちばな）と申します。驚かれたでしょう」

橘は快活に笑った。

「大神と申します。先ほどは助かりました。ご老人方はわたしをなにかと勘違いしたようで」

大神が言うと、橘は頷いた。

「この辺りの土地に伝わる伝説で、オオカミの姿をした山神伝説があるんです。ご老人からしてみれば山神さまに見えたのでしょう」

昨日父娘から聞いた話と同じだ。

もしかしたら昔の人も、ハイブリッドアルファを見て山神だと勘違いしたのかもしれない。今ほど情報が豊かでもない時代ならなおさら。

そこそこ都会にも近い千明だって、実物のハイブリッドアルファを見たのは大神が初めてだった。とても驚いたものだ。

「ここは何代も前からこの土地で暮らしているご老人が多いですからね。どうしても信心深い傾向があります。神さまと思われるのはもう仕方がないので、ご滞在中はそれっぽく振る舞っていただくのがいちばん面倒がないかもしれません」

楽しそうに笑う橘は、ノリのいい人のようだ。そして大神の隣に座った千明に目を移した。

「ときに」

「はい」

「虎太郎から聞いておりますが、ご兄弟……ではなく、大神さんの奥さまでいらっしゃいますよね」

「あ……、はい」

あらためて尋ねられると、少々気恥ずかしい。子連れのオメガ男性は世間的にもそんなに多くはないから、こういう村では目立ってしまうだろう。

橘はじっと千明を見つめる。

というより、千明の背後を。

想像したくない考えが頭に浮かんで、冷や汗を浮かべた。

「ですよね。青木家にいるはずのものがついてきていますから」

「ひゃっ！」

飛び上がって隣にいる大神に抱きついた。聞きたくなかった！

「やだやだやだやだ奈津彦さん、取って取って取って……！」

「そんな虫のように言われても」

千明の声に、部屋の隅で橘に貸してもらった双六(すごろく)で遊んでいた亮太と美羽が、不思議そうに顔を上げる。

橘は落ち着いた口調で、まあまあと千明を宥めた。

「なにか影響を及ぼすような、強い力のある霊ではありません。せいぜい姿を現して人を怯えさせるくらいで」

「充分怖いです！」

見たくもないものが自分に憑いていると言われて、気にしない人間がいるのだろうか。

「あの旅館が廃業したのも、そのせいなんですよ」

「は……？」

「幽霊が出る、と有名になったからです」

千明の顔が恐怖に歪んだ。

知ってたら来なかったのに！

どうりで昨日の父娘があんな反応をしたはずだ。気をつけて、という言葉も。

幽霊が出るから気をつけて、などと、これから向かう千明たちに言えなかったのも仕方がない。

橘の話によると、青木家は江戸時代から続く旧家で、以前はこの辺り一帯の地主だったそうだ。

明治からは天然温泉を活かして温泉旅館を営業し、あちこちに旅館を構えてひところはだいぶ羽振りがよかったという。

ところが戦争により、旅館は次々と閉業。本家を構えていたこの集落だけで細々と営業を続けていたのだとか。

そして戦時中、青木旅館の娘婿が戦争に取られ、あえなく命を散らしてしまった。智佐子という名の旅館の娘は帰らぬ夫を待ち続け、さらにはやり病で一歳の子を亡くし、本人も失意のあまり衰弱して亡くなってしまったという。

青木旅館は近年まで営業を続けていたが、亡くなった娘の幽霊が出るというのはこの辺りでは有名だった。インターネットの普及により幽霊話が広がって、客足が遠のいたのが閉業の理由と言われている。

「じゃ、じゃあ、おれに憑いているのは智佐子さん？　家に帰れば智佐子さんの霊と離れられるんですね？」

勢い込んで聞くが、橘は首をひねった。

「そうとも言えませんね、大神さんの場合は」

「なんで⁉」

自分と他の人間のなにが違う。

「その娘婿というのが、どうやらハイブリッドアルファだったらしいのです」

思わず大神と顔を見合わせた。

「あなたは虎太郎の異母兄と伺っています。青木家の血を……、つまり、智佐子さんと同じ血をわずかながらに引くあなたが、ハイブリッドアルファの伴侶を持つ。智佐子さんにしてみれば、ようやっと愛しい夫が帰ってきたと思い込む状況です。彼女の望みを満たしてあげなければなりません」

望みとは？

「どうすればいいんですか」

なにか方法があるのなら、なんでもする。

橘は、

「少々お待ちください」

と立ち上がって部屋を出ていき、しばらくすると古びた箱を持って戻ってきた。

双六で遊んでいる子どもたちにちらりと目をやる。二人がこちらに注意を向けていないのを確認して、大神と千明に向かって内緒話をするように身を乗り出して声を潜めた。

「これは、娘さんが亡くなった当時のこの寺の住職が、強力な修験者に祓い方を尋ねて手に入れたものです」

おおっ、と心の中で叫んだ。

そんなありがたいものがあるなんて！

藁にもすがる思いで、箱を手にした。

「この箱の中にあるお札を娘さんが亡くなった部屋に貼り、巻物に書いてあることをすべて実行してください。必ず旦那さまと。青木家の血を引くあなたと、旦那さまがハイブリッドアルファであるということが重要なのです」

「そうすれば、智佐子さんは成仏してくれるんですね？」

橘がしっかりと頷くのを見て、胸に光が差した。

「ありがとうございます、必ず実行します！　巻物になにが書いてあるかご存じですか？」

自分で確認すればいいのだが、気が急いてつい尋ねてしまった。

橘は少々気の毒そうに眉尻を下げ、大神と千明を見比べた。

「お祓いの方法です。ちょっと時間がかかるでしょうが……、頑張れば早く終わるかもしれません。あなた方次第ですね」

曖昧な言い方に首を傾げると、橘は慈愛を込めた眼差しで言葉を継いだ。

「四十八手です。頑張ってください」

千明はぽかんとした表情で橘を眺め、次いで手もとの箱を、最後に大神を見て、ぼんっと顔を赤くした。


箱を持って旅館に戻ると、ちょうど帰ってきた虎太郎が車を降りるところだった。

「大神さん。純くんと蓮くん、地元の小学生と気が合って一緒に遊び始めたんで、夕食前に迎えに行くことになりました。携帯は持ったままなのでいつでも連絡……、あ」

虎太郎の笑顔が、千明が手にしている箱に気づいてふと真顔になる。

「その箱……、もう橘さんに会われましたか。ご案内しようと思ってたんですが、それなら話が早いです」

「虎太郎くん、やっぱり幽霊のこと知ってて黙ってたんだ。それに、この箱のことも……」

苦笑した虎太郎が、今までと違う計算高い顔に見えた気がした。

「まあ、この家で暮らしていますし。そのせいで旅館を閉めざるを得なくなってしまったわけですから、知らないというのは無理がありますよね。その箱の中身については、修験者が先祖の成仏方法を記したときから青木家に伝わっています。これまで実行できる人間がいなかっただけで」

巻物の内容まで知っているのかと、顔に血が上った。

そして、もしやと気づく。

「もしかして……、虎太郎くん、そのために奈津彦さんをここに呼んだ……？」

父の婚外子の存在を知って、調べてみたらハイブリッドアルファと結婚していた。だから千明と大神を呼び寄せて呪いを解かせようと――――？

虎太郎が困ったように笑う。

「そうです、と言ったら怒るでしょうね。青木の血筋でハイブリッドアルファと結婚している人がいるなんて、信じられない幸運でした。ぼくは霊を成仏させて、この旅館をまた立て直したいんです」

愕然とした。

まさか、そんな下心があったなんて！

「……おれのこと、騙したんだ？　祖父が会いたがってるとか、家族で温泉旅行気分で来て欲しいなんて」

「嘘じゃありません。それに、ぼくもお兄ちゃんの家族と過ごしたかったんです。美羽ちゃんはぼくにとっては可愛い姪っ子。亮太くんたちだって、弟ができたみたいですごく嬉しかった。もちろんいちばんの理由は、ご家族そろっての方がお兄ちゃんも長居できると思ったからですが」

今までの虎太郎じゃないみたいだ。

素朴でやさしいと思っていた虎太郎の別の顔を見て、戸惑いと怒りが浮かぶ。

「もしも腹が立って帰りたいとおっしゃるなら、ぼくに止める術はありません。でも、その箱を持っているということは……、もうご存じなんですよね？」

虎太郎は、す、と眼鏡を外した。

太い黒縁の眼鏡がなくなると、虎太郎の顔立ちがとても整っていることがはっきりとわかる。

かすかに目を眇めると、妙に表情が大人びて見えてどきりとした。

「見えますよ。お兄ちゃんに同化してる。大神さんが……、夫が戻ってきて嬉しくてたまらないって顔をしてる」

ぞ、と背筋が震えた。怖くなって、目だけで自分の肩辺りをきょろきょろする。

「ごめんなさい、ぼく裸眼だとそういうの見えやすくって。眼鏡をしてると多少マシだから、あんまり外さないんですけど」

「目……、悪いんじゃないんだ……？」

　虎太郎は手に持った眼鏡にキスをするように唇で軽く触れた。

「昔から、青木家はそういうものが見える体質の人間が多いんです。見鬼の才とも言うんですけど。だから青木をもじって青鬼家って呼ばれてました」

　青鬼家――――山中で助けてくれた父娘が口にしていた。このことだったのだ。

「青木家の血筋は霊を降ろす……いわゆる霊媒の家系でした。中には降ろした霊を帰すことができず、おかしな言動をするようになってしまった者もいると聞きます。そういった人が鬼と呼ばれたこともあったとか。お兄ちゃんは青木の血が薄かったようで幸いです」

　自分にもそんな力があるのかもと思ったら、恐ろしくなって自分を抱くようにして身を震わせた。

「虎太郎くん。千明をいたずらに怖がらせる必要はないだろう」

　大神が背後から千明の両肩に手を置き、守られているようでホッと息をついた。

　そのとき、側に立っていた亮太がもじもじと千明のジャケットの裾を摑んで言った。

「……ユーレイ？　いるの……？」

　しまった！

　美羽は幽霊がわからないらしく、

「ゆーれーって？」

と無邪気に聞いてくる。亮太にとって、おばけは可愛らしいイメージがあっても霊や幽霊は恐ろしい存在なのだ。

それこそ、子どもたちを無暗に怖がらせてはならない。

しかしなんと言ってこの場を収めようと千明と大神が考えつく前に、虎太郎が亮太の前にしゃがんでにっこり笑った。

「大丈夫！　パパと千明お兄ちゃんが、幽霊退治に来てくれたんだよ！」

「え⁉」

千明も目を丸くしたが、亮太も見開いた目をきらきらっと輝かせた。

「パパとちーちゃが、ユーレイたいじに？」

まるでヒーローを見るような目で、大神と千明を見上げる。

「う……、え……？」

間違いではない。大きく間違っているわけではないのだが――――。

大神も否定も訂正もできず、牙をはみ出したままのどでグルグルと唸る。

虎太郎はまるで歌のお兄さんのような爽やかさで、

「そうだよ、パパと千明お兄ちゃんはすごいんだ！　ユーレイ退治には何日もかかるかもしれないけど、みんなでパパとお兄ちゃんを応援しよう！」

拳まで突き上げる。

亮太と美羽もそれに合わせ、「おーっ！」と小さな拳を突き上げた。

「がんばってね、パパ！」

「がんばれ、ちーちゃ！」

子どもたちの声援を受け、大神と千明は引きつった笑みを浮かべながら「う……、うん、ありがと……」と返すしかなかった。


夕食後、亮太と美羽を風呂に入れたあとに虎太郎に先導され、箱を手にした大神と千明は旅館の敷地内、風雅な竹林の中を通った先の別邸に案内される。どうやら貴賓室と呼ばれる離れらしい。

竹林は夏に涼しげでいいものだと思っていたが、道に沿って置かれた照明に浮かび上がる、白っぽくくすみながらも天に向かって真っすぐ伸びる竹の美しさは格別だった。

これで幽霊さえいなかったら……。

幽霊が自分に同化していると聞いて、怖くてたまらない。自然に大神にくっついて、腕にすがりながら歩いた。

やがて別邸に到着し、虎太郎が扉を開ける。

「どうぞ」

ごくりと唾を飲んだ。

ここが智佐子が亡くなった部屋――そう思うと、回れ右して帰りたくなった。作りは清潔で高級感があって、知らなければきれいで豪華な部屋だと喜んだだろう。

「入るぞ」

大神はなんでもないように部屋に上がる。千明も慌てて後を追った。

怖い部屋だとわかっていても、大神に置いていかれたくない！

虎太郎も続いて部屋に入り、中の説明をする。

「本間、次の間、奥の襖の向こうが寝室、そしてそちらが室内のバスルーム、あちらのドアが露天風呂に続いています。ご用事があればあの電話の九番で美津代さんの部屋につながりますが、出ていることも多いのでぼくの携帯の方が確実です」

旅館の従業員さながらに淡々と説明をする虎太郎の言葉も、恐怖のあまりほとんど耳に入ってこない。

青い顔で震える千明の横顔をちらりと見た虎太郎は一瞬目を伏せ、すぐに大神に視線を移した。

「朝食は八時にお持ちします。もし朝食の時間を後ろにずらしたければ、十五分前までにお電話をいただければ」

大神が頷き、虎太郎は深々と頭を下げると部屋を出ていった。

虎太郎がいなくなると、気まずいような緊張するような空気が二人の間に流れる。

子どもたちは虎太郎が同部屋で寝て様子を見るというので、そこは安心だ。表向きは人当たりがよく親切な虎太郎に子どもたちもすっかり懐き、年上のお兄ちゃんとのお泊まりを楽しみにしている。

こっちは楽しみどころではないのだが。

大神が千明の肩を抱き、

「とりあえず寝室に移動しよう」

虎太郎に寝室と言われた襖を開けると、八畳ほどの和室の真ん中に、どどんと大きな布団が敷いてあった。

「ほう、八端だな」

昭和レトロなデザインの行灯の薄暗い光に浮かび上がる婚礼布団は、金糸と赤い布が格子状に模様を作り、鶴や花の図柄がちりばめられている。いかにもという風情で、子作りを求められているような気恥ずかしさを覚えた。

二人で布団の上に向かい合って正座をし、間に箱を置く。布団はぶ厚くやわらかい。

「えっと……、箱、開けますね」

あと延ばしにしていても解決するわけではない。できるだけ早く終わらせて、智佐子に成仏してもらわねばならないのだ。

千明が怖々と箱のふたを持ち上げると、中には古びた巻物とよくわからない文字が書かれたお札が数枚入っていた。

心臓が大きく鳴る。

「な、奈津彦さん、中身出してもらえますか……」

怖くて触れない。

大神がお札を取り出すと、下に修験者の手書きと思われる、祓い方を記した紙が入っていた。

「まずは札を寝室の四方に貼れと書いてある。その後、この巻物に書いてある四十八手を行うこと。すべて行うまで、村から出てはならない」

「出たらどうなるんですか……?」

「さあ、それは書いていない。ホラー映画なら呪われるところだが、そんなに力の強い霊ではないと住職も言っていたし、憑いて離れないくらいじゃないかと思うが」

「めちゃくちゃ嫌です！」

いくら自分に見えなくとも、ずっと憑いて回られるなんてごめんだ。家に帰ったって落ち着けやしない。なにがなんでもここで祓っていかねば。

セックスしなければ出られない部屋ならぬ、セックスしなければ出られない村とは。しかも四十八回。いったいなんの罰ゲームだ。

考えただけで気が遠くなる。単純計算でもひと晩四回頑張って十二日かかる。冬休みが終わるまでに家に帰れるだろうか。

橘の「頑張ってください」が脳内リピートしている。どうしてこんな目に。

大神が巻物を取り出し、するりと紐を解く。巻物を開くと、大神は眉を寄せた。

巻物を眺める大神が、ふむ、と顎を撫でる。

「裏がないのは幸いだったな。倍かかるところだ」

「……裏ってなんですか？」

「表の四十八手のほかに、裏四十八手というものも存在する。合わせて九十六」

「きゅうじゅう……!?」

絶句した。体位とはそんなにあるものなのか？

いつの時代に作られたものかは知らないが、閨ごとに対する人間の探究心は計り知れない。

「四十八手と言っても、時代や人によってピックアップする体位は違うものだ。どうやらここに書かれているのは前戯後戯も含めた四十八手らしい。全部挿入が必要なものより幾分マシだな」

少しでも早く浄霊が終わるならそれに越したことはないが、慰められた気にはならない。

「まずはお札を貼ろう」

大神は立ち上がると、巻物の指示通りにお札を部屋の入口に貼る。その間も離れるのが怖くて、「は、離れないでください……！」と大神の袖の下をちょんとつまんで一緒について歩いた。

悪霊退散、悪霊退散、と心の中で繰り返す。

お札を貼り終わると、いよいよ逃げられないような気がして、布団の上に胡坐（あぐら）をかいた大神に身をすり寄せた。少しでも身を隠したくて、大神の広い懐にぐいぐいと体を押しつけ、ぴったりとくっつく。

怯えて縮こまる千明の背を、大神の大きな手がぐっと抱き寄せた。

「なんというか……、怯えるおまえの表情も可愛い」

大神の余裕を頼もしく感じる一方、自分はこんなに怖いのにと思うと恨めしい。

千明は大神の胸に体を預けたまま、上目遣いに涙目で睨（にら）む。

「なんでそんなに余裕なんですか」

大神は、ふ、と笑うと千明の顎下を猫にするようにくすぐった。

「あ……」

目を細めた千明の唇を、獣の長い舌がちろりと撫でていった。

「俺が慌てふためいて怯えている方がいいか？　自分より怖がる人間を見ると、かえって落ち着くものらしいが」

確かにもし子どもたちが自分より怖がって震えて泣いていたら、千明も「自分がなんとかしなければ」と気を張ったかもしれない。

とすれば、自分は大神に甘えているのだ。

甘えられる腕があることと、自分の夫が頼もしいことに安心して、少しだけ恐怖が弛んだ。

「浴衣姿も色っぽい」

言いながら千明を背中から抱きしめる形に抱え直し、浴衣の襟もとから指を忍ばせてくる。爪の先が千明の小さな胸芽を軽く弾いた。

「んっ……」

大神の腕の中で、びくっと体を震わせる。

そのまま指の腹でゆっくりと上下に撫でられれば、ささやかな刺激がぴりぴりと肌を伝って、勝手に身がよじれた。

恐怖と安堵が入り混じり、いつもより感覚が鋭敏になっているのを感じる。大神の熱い息が首筋にかかり、ぞくぞくと背をわななかせた。

器用な指先が千明の感じやすい胸粒をつまみ、ねじるように転がす。

「あ……、ぁ、……ぅ……」

幽霊の存在に怯えて、気配を感じないようにと意識するほど逆に神経が尖ってしまっている。だから余計にちょっとした刺激にも敏感になって、大神の指に感じてしまう。

体は敏感に反応するのに、頭のどこかに恐怖が残っていて集中できない。

(いっそ発情期が来てくれればいいのに……!)

そうしたらなにもかも忘れて行為に没頭できる。夜となく朝となく大神を求めて、四十八手だって苦にならずなんでもできるだろう。

「余計なことは考えるな」

つねるようにきゅっとひねられ、快感が下半身に突き刺さる。

「んん……っ」

腰をよじって身もだえると、大神の手が千明の内腿を撫で上げた。

「あっ……」

いつの間にか浴衣の裾が割れ、片脚が腿までむき出しになっている。薄暗い灯りの中、赤い布団の上に白い脚が浮かび上がる様は妙に艶めかしくて、自分のものではないような錯覚に陥った。

大神も同じように感じてか、やけにゆっくりと手のひらで内腿を往復し、わざと膝を開くよう導いてくる。

「脱がさずとも手を突っ込めるのは和服の特権だな」

脚のつけ根を指でなぞられ、半勃ちになった千明の男根がひくりと動いた。

薄い浴衣は、布の下で胸を弄る手の動きがはっきりわかって羞恥を煽る。裾から差し入れられた手は絶妙に見えそうで見えず、逆に興奮が高まった。

ふわ、と甘い香りが鼻腔をくすぐる。

誘惑香だ、と自覚した。怖がっていても、愛する夫に触れられることに慣れた体は、勝手に受け入れる準備を始める。

「ん……、う……」

じれったいほどの愛撫に性感を高められ、さざ波のような快感に目を閉じて身を預ける千明の頬を、大神がぺろりと舐めた。

「さて、そろそろ四十八手の実践といくか。どれからがいい？」

ハッとして目を開いた。

いつの間にか膝が床につくほど開いてしまっていた脚を慌てて閉じ、乱れた浴衣の裾を手で引っ張った。

「え……、えっと、なにがあるんですか？」

中途半端に疼かされた体が恥ずかしくて、頬が染まる。大神の手の上で転がされているようだ。

そもそも四十八手になにがあるのかわからない。

大神が床の上に巻物を広げると、浮世絵のような男女が交わっている図と名称が次々に現れた。

「わ……」

なんというか、現代のエッチな本やビデオとはまた違う恥ずかしさがある。

日本髪の男女がまぐわう墨一色の交合図は、リアルではないものの独特の色香に満ちている。他人の秘めごとを盗み見ているような、妙な背徳感を覚えた。

「え……、なにこれ、どうやってやるんですか……？　うわ、すごいアクロバティック……、ていうか、これなんか首を紐で繋いでますけど⁉」

梃子(てこ)がかり、鵯越(ひよどりご)えの逆落とし、首引き恋慕……、どれも風流な名称がつけられているが、一体なにに挑戦しているんだと困惑を通り越して脱力したくなる体位も散見する。

そしてこれをすべてクリアしなければならないのかと思うと、頭がくらくらした。

「と、とりあえず、普通のから……」

「普通？　例えばどれだ？」

巻物に目を落とし、交合図を追っていくとどんどん顔が赤くなってくる。

好きな体位を自分で選べなんて、すごく恥ずかしいことをさせられているのでは？

「……奈津彦さんが決めてください」

頬を染めながら呟くと、大神はふ、と小さく笑った。

「可愛い」

そんな囁きとともに抱きしめられれば、簡単に嬉しくなってしまう。

「愛してる、ちー」

瞬間、自分の中でなにかがシンクロする感覚があった。上目遣いに見上げれば、頼もしい獣面に光る金色の瞳が千明を見つめている。

「あ……」

強烈な愛しさがこみ上げ、思わず大神に抱きついた。

温泉できれいに洗ったふわふわの毛の下に、しっかりとした筋肉と獣らしい高い体温がはっきりわかる。

「ちー？ どうした、怖くなったか？」

なんだろう、この感じ。

嬉しさと、愛おしさと、懐かしさ――。

「あなた……」

自分の口から出た言葉に、自分で驚いた。

あなた。あなたって？

大神が目を開き、千明も困惑して自分の唇に指で触れた。今の〝あなた〟は明らかに二人称の呼びかけとは違った。最近ではドラマの中でくらいしか聞くことのなかった、夫に対する妻の呼びかけ。

「ちー、おまえ……」

ちー。

耳の奥に、蕩（とろ）けるような幸福感が広がった。

「な……、つ、ひこ、さん……」

自分の意識に、別の意識がかすかにリンクしている。これは……、智佐子？

ぞぞぞぞ、と恐怖が走った。

「や、やだ……っ、やだ、怖い！　助けて奈津彦さん……！」

「大丈夫、大丈夫だ。落ち着け、俺が祓ってやる」

涙目ですがりつく千明を、大神が強く抱きしめる。そのまま布団の上に押し倒され、熱い口づけを受けた。

「ん……っ」

長い舌が、千明の唇を割って潜り込む。

ハイブリッドアルファの舌は、人間のものより薄く長い。オオカミの名残（なご）りでざらついていて、その舌で体中を舐められると千明は簡単に欲情に火が点いてしまうのだ。

「もっと口を開け、ちー」

オオカミの牙は、ともすれば千明の唇に当たって傷つけてしまう。

だから激しいキスをするときは、大神は千明の唇を開かせる。千明自身も大神で埋め尽くされたくて、自ら口を大きく開いて舌を差し出した。

ざらり、と伸ばした舌の表面を舐められて一気に官能が高まる。オオカミが獲物を喰らうように、覆い被さる大神が千明の口内を舐めつくした。

「ふ、ぁ……、あ……、なつ……、ふ、ぅっ……」

呼吸がままならず、意識が熱く曇ってくる。溢れる唾液がのどに流れ込んで溺れそうだ。苦しいのに、愛しくて安心する。

オオカミのひげが頬をくすぐり、角度を変えれば濡れた鼻先がときおり千明の鼻にぶつかった。

「ちー……」

そう呼ばれるたび、幸福感が湧き上がってくるのはなぜだろう。

口づけが解ければ、酸素を求めた肺が千明の薄い胸を上下させる。

「オオ……カミ、さん……」

気づけば襟の合わせ目を左右に広げられ、胸が露出していた。下半身も大きくはだけられている。

大神が指の背で千明の頬を軽く撫でた。

「俺が決めていいと言ったな」

涙の滲む目で見上げた大神は、大きく裂けた獣の口周りを好色そうに長い舌で舐め濡らした。

ずくん、と千明の下腹が脈打つ。

「浴衣なら下着はない方がいやらしくていい」

簡単に下着を脱がされ、すでに期待に膨らみ始めた雄芯が、先端に蜜を滲ませながらふるりと姿を現した。

「あ……」

胸も脚もはだけられて、それなのに帯だけが腰で留まっているのがとてもいやらしく目に映った。全裸よりかえって恥ずかしい。

「ぬ、脱がせて……、あっ」

襟から見え隠れする乳首をつままれ、小さく声を上げた。

「や……、やぁ……」

くにくにと弄りながら顔を覗き込まれ、羞恥で顔を真っ赤にしながら握った拳の裏を唇に当てて声を抑えた。

その千明の手を大神がそっと唇から引きはがす。

「ここならどれだけ声を出してもいい。快感を堪えるおまえにもそそられるが、たまには大胆に快楽に身を任せてもいいだろう？」

　普段は子どもたちに聞こえないよう、極力声を抑えて夫婦の時間を持つ。生殖のために生み出されたハイブリッドアルファの性欲は旺盛で、毎晩のように求められるのだ。

「その方がおまえものめり込める」

　そそのかすように耳朶の縁を下から上に舐め上げられた。大神が大きく裂けた口を開いて軽く首筋に牙を食い込ませただけで、千明は皿の上に盛られたごちそうみたいに食べられるのを待ってしまう。

「そのままじっとしていろ」

　肉食獣が獲物を食いちぎる前に味見をするように、大神が千明の首筋をべろりと舐める。舌は少しずつ下に降りていって、先ほど弄られて敏感になった乳首をやさしく濡らした。

「ん……」

　いつもは指も使って両方の乳首を同時に可愛がることが多いのに、今日は口しか使ってくれない。

　焦らされたもう一方の乳首が疼いて、知らず千明の腰が揺れる。

「まずは〝鶯の谷渡り〟だ」

「え……」

　視線だけで見下ろせば、大神はにやりと笑って見せつけるように舌を長く伸ばした。

「手を使わずに、口だけで全身を愛撫する。四十八手のひとつだ」

もう始まっているのだと、急に緊張した。

表情を強張らせた千明に、大神は安心させるように笑う。

「大丈夫だ、全部俺に任せていろ」

頼もしい言葉に、胸にじわりと温かいものが広がる。

「うん……」

自分に霊がとり憑いているのは怖いけれど、大神に任せておけば大丈夫。必ず霊を祓ってくれる。自分はただ、大神に協力するのみ。

「奈津彦さんが旦那さまでよかった」

心から言うと、大神が目を細めてキスをくれた。

「そもそも俺がハイブリッドアルファでなければ、おまえもとり憑かれはしなかったかもしれないが」

「そ、そっか……！」

言われてみれば。

でも。

千明を見つめる、獣面の愛しい人。運命の番。この人に出会うために自分はオメガとして生まれてきたのだと信じているから。

「……奈津彦さんと出会えなかった人生なんて想像できないから、今のままがいいです」

怖いけど。

それでもこの人を失うくらいなら、幽霊にとり憑かれてもいい。……一時的なら、だが。

「ちー……」

目と口を開いた大神の三角耳が、ふるふると震える。

がばっ！　と抱きしめられた。

「ひゃっ！」

「どうしてそんなに可愛いんだ、おまえは！　食べてしまいたい！」

ちゅっ、ちゅっ、ちゅっ、ちゅっ、と顔中に口づけられ、思わず目を閉じる。オオカミの唇は器用に、小鳥がついばむように千明の肌を吸い上げながら体をたどっていく。

「あ、くすぐった……、ひゃ、あん……っ」

帯に隠れたへそに無理やり長い舌をねじ込まれ、腹の中まで舐められたような感覚に腰をよじる。

思わず浮いた千明の腰の下に、大神がサッと枕を滑り込ませた。

「や……、奈津彦さん……！」

腰の位置が上がり、後ろの孔(あな)まで大神の目の前に晒(さら)される。オオカミの長い鼻先でやわらかな双珠をいたずらをするように持ち上げられて羞恥が募った。

「〝立ち花菱〟という。枕を敷いて腰を上げさせた状態で、舌で愛撫する」

これも、四十八手のひとつなのだ。

「もっと脚を開け」

うわ、と心の中で小さく悲鳴を上げた。

舐めやすいよう枕に腰を乗せられた上に左右に膝を倒したら、奉仕する大神の顔が脚の間から見えてしまう。

「…………っ、ぁ……」

白い腿の間に、獣の赤い舌が長く伸びる。卑猥すぎて直視できず、横を向いた。

「ちゃんと見ろ」

叱るように脚のつけ根にオオカミの牙を立てる。

おそるおそる大神を見ると、自分の膨らんだ雄越しに金色の瞳と視線が合った。羞恥と興奮が、千明の心臓を痛いほど高鳴らせる。

「ど……して……?」

「儀式をこなしていると、おまえの中の彼女にも認識させなければいけないだろう?」

そう言われればそうかもしれない……が……。

「あ……、っ」

れる、と襞口を舐められ、びくんと膝を震わせた。

枕に乗せられていれば腰が浮き、大神が支えずとも舐められる。いつも口でするときは千明の膝裏や腿に添えられている大神の手が、いやらしく千明の肌を撫で回した。

「あ……、あ……、や……」

大神の手のひらが腿の後ろから腰骨までを往復する。

羞恥でうっすらと汗ばむ肌を熱く乾いた手が這い回る感触と、蜜液を滲ませて甘い香りを放ち始めた淫孔を舌で舐め拡げられる快感。

普段の交わりでもでんぐり返しのような恥ずかしい体勢で蜜液を啜られることはあるが、この形だと千明の体に負担がかからず、より快感に集中できる。

「なつ、ひこ……、さ……」

くっきりと芯を持った千明の雄茎が浴衣の割れ目から伸び上がり、ざらついた帯に色づいた先端がこすられる。先端が帯に当たるたび快感に突き刺され、鈴口から透明な体液が零れて、紺色の帯に染みを作った。濃いピンク色の鈴口が小さく口を開け、すりつけられるたびに糸を引くのがひどく卑猥で、その部分だけ違う生きもののようだ。

「ゆかた……、よごれちゃ、う……」

脚の間に、大神がふっと笑う吐息がかかった。

「ソレ用に用意された部屋と浴衣だ。汚しまくってなにが悪い」

かぁ、と頭の中が熱くなる。

浴衣どころか、腰の下に敷いている枕にも、きっとこれからシーツにも二人の淫らな体液が沁み込むに違いない。

開き直った大神が千明の奥深くを舌で抉るたび、三角耳を持ったオオカミの頭が前後する様がいやらしく目に映った。

「ああっ、やあ……っ、そんな、とこ、まで……、なめないで……」

侵入る限り舌を伸ばし、やわらかな粘膜を舐め削られる。人間より長い舌が、まるで性的な玩具のように千明の内側で激しく動く。ぬるついた温かい生きものが自分の中で動き回っているようで、快感と羞恥で涙を散らした。

脚を閉じられないよう、大きな手でつけ根をがっしりと押さえられ、淫孔を拡げるように親指で両側に引っ張られる。強靭な舌がなんなく潜り込むのを、なす術なく受け入れた。

「や……、や、きもちい……」

陰茎のつけ根の内側にある、男独特の弱い部分。

舌が往復するたび、目の奥に火花が散るような快感が走る。いつもは指で弄られて、家族に聞こえないよう枕や大神の肩口に顔をうずめて声を殺す。発情期でもなければ、こんな体の奥深くまで舐められることなんかない。

激しく舌でこすられると、こんなに感じるなんて！

頭を左右に打ち振るって快感に悶える千明の雄茎を、大神の手が掴んだ。

「あああ……っ！」

すでに真っ赤に腫れ上がった肉茎は、掴まれただけで破裂しそうなほど感じる。上下にすり立てながら先端の小孔を指の腹で撫でられれば、悲鳴にも似た嬌声が千明の唇から迸った。

「やあああっ、そこはだめ、だめ……っ、おかしくなる、から……ぁあああぁぁぁぁ……！」

先走りの体液を指の腹でやさしく円を描いて塗り広げる動きは、痛みぎりぎりの強烈な刺激だ。裏腹に肉茎を掴む手は力強く、淫孔を甘くくじられながら攻め立てられれば、まるで快感の津波に攫われるようだった。体の昂りに精神がついていかない。

「やだ、やだっ……、でる……、もう……っ、――……っ、っ、ぁぁぁああああっ！」

瞬間、視界が真っ白に弾けた。

胸や首に温かいものが散る。

「あ……、はぁ、ぁ……、ぅ……」

大きく胸を喘がせていると、ぬうっと覆い被さってきた大神が千明の唇の横をべろりと舐めた。

「こんなところまで飛び散っている」

舐め取られたのだ、とわかって頬に血が上った。大神の舌からは、甘い、誘惑香の匂いがした。

自分を見下ろす金色の瞳を持つこの獣の舌の上で、二人の体液が混じり合っている。

そう思うと、興奮で胸が苦しくなった。自分自身の放つ誘惑香に、オメガである自分も惑わされる。

「まだ前戯なのに、こんなに感じて」

千明の肌に飛び散った白濁を指ですくった大神が、浴衣の襟から見え隠れする薄桃色の突起に塗りつける。

「あっ、ん……」

すでに硬く尖った乳首をぬるついた指でつままれ、大神の体の下でびくびくと腰を跳ねさせた。大神は目を細めて、千明の痴態を眺める。

「今夜は遠慮する必要はないな?」

大きく両側に膝を倒したままだった千明の脚の間を、びたん！　と熱く硬いもので叩かれた。

「え……」

見下ろすと、大神の浴衣の間から、巨大な雄がにょっきりと突き出ている。番の誘惑香に興奮して真っ赤に充血し、びきびきと音がしそうなほど太い血管を浮き上がらせ、笠(かさ)の開ききった亀頭の先端からイヌ科特有の多量の先走りをしたたらせていた。

ずしりと重量のあるそれを、まだ芯の残る千明の男根に押しつけてすり合わせる。

「あ……っ、あ、あつい……」

ぬち、にちゃ……、と肉茎同士が重なって立てる卑猥な音が閨に響き、千明の肌を余計に燃え上がらせる。

「いつもより……、おっきい……」

大神は強い欲情の光でぎらつく目で千明を見下ろした。

「発情期でもないのに遠慮なくおまえを抱けるなんて……、興奮せずにいられない」

言葉通り興奮した獣の荒い息遣いが顔にかかり、貪り尽くすつもりなのだと背中がぞくぞくした。

今夜は何回絶頂を味わわされるのだろう。

見つめ合えば、濃厚な情事の気配が部屋に降り積もっていく。

口を開けとばかりに舌先で唇を往復され、迎え入れるために素直に従った。蜜液の香りが口腔に広がって鼻に抜け、うっとりと目を細めて味わう。

「ふ……、ぁ……、あまい……」

自分の味、と思うだけで頭が痺（しび）れた。すごくいやらしいことをしている。

蜜液の催淫作用が自分をも酔わせる。

大神の頬を両手で包み、自分に引き寄せて口づけを深くした。

「すき……」

千明の言葉にいっそう興奮した大神が、下半身をぐっと押しつける。番の証のように千明の首筋を咥えて牙を立ててから、体を起こした。

「ではおまえの望み通りに普通の体位、〝深山〟からだな」

大神がおもむろに千明の足首を掴み、高く持ち上げて自分の肩に足をかけさせる。

「ひゃ……っ？」

膝立ちした大神に浮き上がった腰をしっかりと手で固定され、ぐずぐずに濡れた肉襞にぴたりと雄の位置を合わせられた。

千明の腰を引き寄せるようにすると、双丘を割り込んだ極太の肉棒の先端がずぐりと潜り込んでくる。

「んぁ……」

大神の肩に足をかけられたまま上半身を少しずつ前傾されるに従って、巨大な雄が千明の狭道に分け入っていく。

「あ……、あ……、ぁ……、あああああっ……」

熱い鉄の塊のような剛棒にこすってもらいたがる粘膜が、喜んでまとわりついている。

体勢的に奥深くまで挿入された雄の先端が、オメガ男性にしかない、子を孕む器官の入り口にごつりと当たった。

「ひぁ、う……っ！」

汗ばんだ獣毛が千明の腿裏を濡らすほど根もとまで挿入した雄を小刻みに揺らされ、うなじが痺れるほどの快感に悲鳴を上げる。

「奥がコリコリしてるぞ」

大神がうっとりとため息をつく。

「やぁ……っ、あ、そこ、ばっかり、じゃ……、かんじすぎちゃう……、や、ぁん……っ」

快楽の涙を零し続ける千明のまなじりを、大神の舌が拭う。

千明の汗ばむ額にかかる前髪をかき上げ、愛しげに口づけた。

「可愛い可愛い俺の妻と、抜かずに何回できるか試してみようか。朝までたっぷり可愛がってやるからな」

膝が肩につくほど折り曲げられた苦しい体位でも、愛しい夫に可愛がられれば心が潤む。

「だいすき……」

「愛してる、可愛い俺のちー」

ゴリッ、と奥を突かれてからは、もう智佐子のことも四十八手のことも考えることはできなかった。

5.

――……泣くな、ちー。すぐに戻ってくるから

本当に？　本当に？　約束よ。

絶対に帰ってきてね。

――わかってる。約束する。帰ってきたら続きをしよう。その頃には……

うん。

待ってるわ。この子と二人で。

自分の腹に当てられた誰かの手は、獣毛を纏っていた。温かくて、大きな手だった。

*

「かえってきて……」

自分の唇から零れた声に、ふ、と意識が浮上した。

「どこにだ？」

耳もとでかけられた言葉に、ハッと目を開けた。

気づけば、背後から大神に抱きしめられたまま布団に寝ていた。

「奈津彦さん……、っ……」

大神の方を向こうと体を動かしたら、全身が重だるくて体の節々が痛んだ。

「無理に動かなくていい。昨夜はずいぶん頑張ったからな」

千明の頬が染まる。

終わりの方はだいぶ記憶が飛んでいるけれども、昨夜はかなり激しかった。発情期でもないのに何度もしたのも初めてで、あらためてハイブリッドアルファの精力に驚嘆した。いつもはずいぶん手加減してもらっているのだと思い知る。

「今何時ですか?」

「七時前というところか。朝食の前に風呂に入ろう」

正直、布団から起き上がるのもだるいほどだが、たしかに湯に浸かって体を解したい。

大神に続いて布団から立ち上がろうとして、膝に力が入らずべしゃっと布団に倒れ込む。

「はひゃっ」

鼻を打ってしまい、思わず変な声が漏れた。

「大丈夫か、ちー」

大神が軽々と千明を抱き上げる。自分は腰が砕けた状態なのに大神が平然としているのが恥ずかして、首もとに顔をうずめた。

「大丈夫じゃないです……」

ふ、と大神が笑う。

「まるで新婚旅行だな。一晩中抱き合って、足腰の立たなくなった妻を抱き上げて風呂に運ぶなんて」

「……なんか奈津彦さん、嬉しそうですね」

ひげがぴんぴんと動いて、上機嫌なのが見て取れる。

「ん？　まあ、普段は家族に遠慮してそうそう激しくもできないからな。しかも妻に四十八手を教え込めるなんて、男にとって嬉しいシチュエーションなのは間違いない」

「幽霊にとり憑かれてても？」

「可愛い俺のちーに変わりはない。せっかくだから楽しんでもいいんじゃないか？」

そんなふうに言われると、怖がっている自分が大げさなのかと思ってしまう。

大神が一緒になって怖がってくれないのが不満というわけではないけれど、自分ばかりが大騒ぎしているのが悔しい気がする。

「……おれは早く終わらせて帰りたいです」

尖らせた唇に、大神がちょんと口づけする。

「拗ねるおまえも可愛い」

もう、なんと言っていいかわからない。大神といると、自分は本当に甘やかされて可愛がられているのだと実感する。

千明を抱いたまま大神が器用に風呂の扉を開けると、もくもくとした湯気の向こうに、なにやら大きなオブジェが見えた。

「な……、なんですか、これっ？」

思わず素っ頓狂な声を上げる。

洗い場の奥ににょっきりと突き立っているのは、堂々と天を衝く男根を象った大きな石だった。ご丁寧に注連縄まで巻かれている。

「子宝湯、と書いてある」

大神が風呂場の壁にかかった文字を読む。

自分も持っているものとはいえ、まじまじと見るのはためらわれて視線を泳がせた。ここまで来るともはや悪ふざけにしか思えない。

ご利益があるのか非常に怪しいが、世の中には男性器のご神体を乗せた神輿もあるということだし、これはこれで神聖なものなのだろう。

「新婚さん専用のお部屋なんですかね、ここ……」

「かもな」

それでも、二人で入るにはもったいないほど大きな風呂は、とても気持ちがよかった。

たっぷりと湯を湛えた風呂には常に新鮮な温泉が流れ込み、手で受け止めると甘やかな香りが漂った。昨夜入った大きな温泉よりぬるい湯が、情事の疲れを流してくれる。ガラス張りの壁の向こうに見える竹林が清々しい。

「気持ちいい……」

大神の膝に抱かれたまま、うっとりと目を閉じた。千明のうなじを濡らす温泉を舐めるように、大神が背後から舌を這わせてくる。

「奈津彦さん……、昨夜いっぱいしたのに……」

「遠慮しなくていいと思うと、どうにもハイブリッドアルファの本能が暴れてな。おまえも早く終わらせたいんだろう?」

「そうですけど……、さすがにお風呂場でなんて」

自分だって早く終わらせたいけれど、風呂場でするなんて恥ずかしい。すぐに汚れを流せるのは利点ではあるが。

「子が欲しければ、ここでするのがご利益があるらしいぞ」

「え?」

大神が指差した方を見ると、確かに「子宝湯」の下にそんな説明が小さく書いてある。ご神体に触りながらまぐわうべし、と。

……なんかもう、ギャグにしか思えない。一体何組のカップルが、ご利益を求めてここで交わったのだろう。

「四十八手には壁や椅子に手をついてするものもあってな。布団ではできないから、ここですするのがちょうどいい」

巨大な男根に手をついて後ろから貫かれている図を想像したら、ぬるい湯なのにのぼせそうになった。


「あっつ……」

布団の上に転がった千明は、火照る頬に冷たい水のペットボトルを当てて熱い息を吐きだした。

昨夜は結局四十八手のうちのいくつをクリアしたのだろうと、ぼんやり考えた。

鶯の谷渡り、立ち花菱、深山、からの獅子舞、吊り橋なんて言ってた気がする。他にもあった気がするが、ほとんど記憶が飛んでいて覚えていない。

（気持ちよかったけどさ……）

大神は単に四十八手をこなしていくだけではなく、ちゃんと千明の様子を窺いながら動いてくれた。

痛がっていないか、快感を得ているか。

千明も快感に溺れて、幽霊のことなんか思い出す余裕もないくらいだった。体中が心地いい倦怠感と幸福感に包まれている。

疲れと温泉で気持ちよくなってうとうとし始めたところで、コンコンとドアがノックされた。ドアの向こうから控えめな声がかかる。

「おはようございます。起きていらっしゃいますか？　朝食をお持ちしました」

虎太郎の声が聞こえた途端、ぐぅと腹の虫が鳴った。昨夜さんざん体力を使ったのだから無理もない。

慌てて起き上がり、乱れた髪と浴衣を整える。

大神が寝室から出ていってドアを開ける音が聞こえた。続けて、虎太郎の声が。

「おはようございます、大神さん。お兄ちゃんはまだお休み中ですか」

さすがに、昨夜セックスしまくったと知られていて、弟の前に浴衣で出る気にはなれない。声が聞こえただけで赤面しているのに。

「まだ寝ている」

短く答える大神の声は、普段より素っ気ない。千明には明るく接してくれても、やはり利用されていることには腹を立てているのだろう。高校生が相手だから、あからさまに怒りはしていないものの。

「……ご無理をお願いしてすみません。ご協力に感謝します」

協力せざるを得ない状況に追い込んでおきながら、白々しいとさえ思ってしまう。昨日感じた怒りが再燃するのを感じる。

大神が朝食を持って戻ってきたときは、布団の上に正座をして硬い表情になってしまっていた。

「美味そうだぞ、ちー」

「うん……」

表情を弛められないでいる千明の頬を、大神が爪の先でちょんとつつく。

「気持ちはわかる。腹が立つなら喚いて発散してもいいぞ。どうせ近くに人はいない」

からかうように言われ、つつかれた頬を膨らませた。

「今日はもうのどが痛くて大きな声出せません」

ぷ、と大神が笑うので、つられて笑ってしまった。胸の中にもやもやしていた怒りが解けていく。

「奈津彦さんといると気持ちが楽だなぁ」

甘えて寄りかかれば、大神が千明を抱き寄せて頭の上にキスを落とした。

「朝食の後はまたいちゃいちゃするか?」

「無理です、夜まで勘弁してください!」

笑いながら、上を向いてオオカミの顎下にキスをした。


結局、腹を満たしたあとはまた眠ってしまい、起きたのは昼近くなってからだった。

「うわ、すごい寝ちゃってた。ごめんなさい」

コーヒーのいい香りがしている。

「温泉旅館に来ているんだ、ゆっくり寝てていけないことはないだろう」

大神が差し出してくれたコーヒーに口をつけると、独特の香ばしい甘苦さが口に広がる。

高級そうなコーヒーだ。

「さっき美津代さんが来て、浴衣とシーツを取り換えるから声をかけてくださいと言っていたぞ」

思わずコーヒーを噴きそうになった。

「そ、それはちょっと……！　自分で換えたいです！」

ホテルだったら、もし情事の痕跡を残してしまったとしても、心の中でごめんなさいと手を合わせて出ていけるだろう。

しかしそれは従業員の顔を知らないからで、顔を合わせて挨拶した、しかもまだ何日もお世話になる人に洗濯をしてもらうなんていたたまれない。

しかしここはもと旅館。美津代にお任せするしかないのだろうか。いや、でも……！

取り乱す千明を面白そうに眺め、大神は部屋の隅を指差した。

「おまえならそう言うだろうと思ってな。交換用のシーツと浴衣をもらっておいた。現在はレンタルを使っているから、汚れものはあそこの袋に入れておけばそのまま業者に渡してくれるらしい」

「よ、よかった～……、ありがとうございます」

なんなら自分で洗濯して返したいくらいだが、美津代に見られないならぎりぎり我慢できる。なにをしているかは知られていても、証拠は見せたくないものなのだ。

「おまえは体が動かしづらいだろう、俺が換えておく。コーヒーを飲んだら、着替えて子どもたちの様子を見に行こう」

「はい」

大神の気遣いに感謝してゆっくりとコーヒーを飲みながら、虎太郎と顔を合わせづらいな、と思った。

着替えて本館の方へ歩いていくと、庭から子どもたちの楽しげな声が聞こえてきた。

「あっ、パパ！」

冷たい空気の中でたくさん遊んだのか、鼻の頭とほっぺを赤くした美羽がミトン手袋をした手をぶんぶんと振った。傍らには亮太と虎太郎、そして一緒に作ったらしい雪だるまが鎮座している。

虎太郎の姿を見ると、千明の胸にちくんと刺さった針から黒い染みが広がるような気になった。虎太郎は二人を見ると、ぺこりと頭を下げる。

高校生の弟に、昨夜大神となにをしていたか知られていると思ったら、千明の顔に血が上った。虎太郎と視線が合いそうになって、思わず顔を逸らす。

美羽は雪用のブーツを履いた足をとてとてと動かして、大神と千明の方に走り寄ってきた。被るとクマさんになるフードがついたマフラーが、雪景色によく映えている。

大神が美羽を抱っこすると、美羽は興奮してしゃべり出す。

「パパ、パパ、きいて！　さっきね、ソリしてあそんだの！　こたろーおにいちゃんがだっこしてくれて、びゅーんって、すごいたのしかった！」

朝早くから、子どもたちを楽しませるためにソリ遊びに連れ出してくれたのだろう。雪が積もったなだらかで短い斜面なら、子どものソリ遊びには絶好だ。千明たちの土地では普段雪が積もることはほとんどないから、美羽も亮太もはしゃいでいる。

虎太郎は亮太と手をつないでこちらに歩いてくると、気まずさなどないかのようにさわやかに笑った。

「美羽ちゃんも亮太くんも、朝から元気いっぱいに遊んでます。純くんと蓮くんは部屋で冬休みの宿題中です」

大神はにこりともせずに、しかし言葉だけは丁寧に礼を言った。

「子どもたちの世話をしてくれてありがとう。きみも受験勉強があるだろうに」

そうだ、虎太郎は受験生なのだ。それなのに子どもの面倒を見させて、受験に響くのではないだろうか。

「いいえ、ぼくも気分転換になって楽しいです」

心配になりかけたが、裏表などないように屈託なく笑って答える虎太郎を見て、また自分の心が頑なに縮こまるのがわかった。

こんなふうに邪気のない子のふりをして、裏では卑怯なことを考えて千明と大神を利用している。しかも自分の弟と思うと、裏切られたような悲しいような、怒りだけではない複雑な感情が胸を締めつける。

申し訳なく思う必要なんかない。そもそも千明が子どもたちと一緒にいられないのだって、虎太郎に陥れられたからなのだ。

虎太郎になんの言葉も返さず、しゃがんで亮太に手を出した。

「おいで、亮太くん。虎太郎お兄ちゃんも忙しいから」

子どもたちの前なので表立って責めはしないが、虎太郎にしてみれば大神の言葉は嫌味にも取れたかもしれないし、千明が拒絶の態度を取ったことははっきりわかっただろう。

亮太はまだ遊びたいように、手をつないでいた虎太郎を見上げる。

虎太郎はにっこり笑うと、そっと亮太の手を離した。

「千明お兄ちゃんのところに行っておいで。またあとで遊ぼ。そうだ、お正月に飛ばす凧を手作りしよっか。自分で好きな絵を描くといいよ。亮太くん、お絵かき上手だもんね」

亮太はパッと表情を明るくすると、大きく首を縦に振った。

「うん！　こたろーお兄ちゃん、またあとでね！」

美羽と亮太に小さく手を振って去っていく虎太郎に、千明の胸はきゅっと絞られる。あくまで子どもたちには親切で、やさしいお兄ちゃんでいてくれる。

自分たちのされたことを考えれば罵倒してもいいくらいだ。なのにあまり人を憎んだり嫌ったりすることのない千明には、人に冷たくすることにどうしても罪悪感がつきまとう。

せめて弟じゃなければよかった。虎太郎がもっと誰にでも横柄で傲慢な人格だったら、千明も遠慮なく嫌いになれるのに。

子どもたちに親切にしてくれる虎太郎に冷たい態度を取ってしまったと、胸にわだかまる気持ちを抱えながら、亮太と手を繋いで立ち上がった。

「純と蓮の様子を見に行こうか」

大神に促され、千明は「うん……」と小さく頷く。大神が、くしゃりと千明の頭を撫でた。

「おまえは腹を立てることに向いていないな」

「なんですか、それ。おれだって怒ることくらいあります」

「じゃあ、人を嫌うことに向いていない」

それはそうかもしれない。去り際に見せた虎太郎のやさしい笑顔を思い出すと、胸が痛い。自分はひどく意地悪で不寛容な人間なんじゃないかと思ってしまう。

違う、違う、悪いのは虎太郎だ。自分の利益のために、大神と千明を利用した。いくら愛する夫が相手とはいえ、強引にセックスしなければいけない状況にされるなんて理不尽すぎる。

——……だから、怒っていいはずなんだ。

なのになんで、こんなに虎太郎に申し訳ない気持ちになるのだろう。

「ま、疲れない程度に怒れ」

大神はかすかに笑って千明の手を握る。それが千明のささくれ立った心を包んでくれるようで、とてもホッとした。

表面上は和やかに昼食を済ませた。

虎太郎は変わらず子どもたちに気を配り、大神も千明も礼を言って歓待を受ける。けれど虎太郎とは決して目を合わせなかった。視線が合ったら、感情を隠すことが苦手な自分は表情に出てしまう気がして。

このまま村を出るまでこんな気持ちでいるのだろうか。

考えるだけで、負の感情に疲れてしまって気持ちが落ち込みそうになる。大神の言う通り、自分はつくづく腹を立てることに向いていない。だからといって、もういいよという気持ちにはなれないが。

ああ、なんて冬休みだろう。早く浄霊を終えて家に帰りたい。

亮太と美羽を連れて部屋に戻ると、ひと足先に食事を終えて戻っていた純が、宿題の手を止めて顔を上げた。

「あ、おかえりなさい。さっきお寺の住職の橘さんが来て、お話ししたいから、よかったらあとで来てくださいって言ってたよ」

「橘さんが？」

大神と顔を見合わせる。

浄霊についてなにか尋ねられるのだろうか。進み具合を聞かれても困るのだが、他になにか有益な情報があるのかもしれない。

「どうする、ちー。すぐに行くか？　それとも少し休んでからにするか？」

四十八手に挑戦していると知られていて顔を合わせるのは気まずいが、なんの話だろうと悶々（もんもん）としているくらいなら行ってしまった方がいい。

「行きましょうか。亮太くん、美羽、お寺さんに行くけど一緒に来る？」

食事を終えたばかりの二人は疲れが出てしまったのだろう。二人そろって首を横に振った。

「いかない〜」

「まってる」

朝からアクティブに遊んでいたのだから、無理もない。

蓮が眠くなってあくびをした美羽の頭を撫でながら言う。

「いいよ、行ってきて。亮太と美羽はぼくたちが見てるからさ。もうお昼寝しちゃうだろうし」

「そうか。頼んだぞ、純、蓮」

年々頼もしくなるお兄ちゃんに任せておけば安心だ。

「ありがとう。じゃ、行ってきます」

大神と二人で部屋を出て、寺までの道をそろって歩く。

用事がない限り出歩かないらしい村人の姿は見当たらない。また山神さまだなんだと拝まれては困るので、会わない方がありがたいが。

寺を訪ねると、橘は幽霊の陰気など吹き飛ばさんばかりの明るい笑顔で二人を迎え入れた。

「わざわざご足労いただいてすみません。お疲れではありませんか?」

直接的な表現ではないが、浄霊の首尾を匂わされていると思うと、肯定も否定もできない。赤くなった顔をうつむけながら、大神の袖を引いて半分体を隠すようにした。

「なにかわたしどもにお話があるとか」

大神が尋ねると、橘はお茶を出しながら二人と向かい合わせに座った。

千明をじっと見つめ、橘はさわやかな笑顔で、うん、と頷く。

「いいですね。智佐子さん、幸せそうです」

智佐子。

千明に憑いているという娘の名だ。できれば言わないで欲しかった!

一瞬で顔色を失くした千明の肩を、大神が力強く抱き寄せる。

「ちー、大丈夫だ」

橘が、お、と眉を上げた。

「大神さん、千明さんのことをちーとお呼びになるんですね」

「ええ。それがなにか？」

　橘は今気づいたように額に手を当てた。

「そうかそうか、千明さん。智佐子。なるほど」

「？」

「いや、昨日あなた方が帰られてから、智佐子さんと婿さんのことを調べたんですよ。どうやら二人は幼なじみだったらしく、婿さんは智佐子さんのことをちーと呼んでいたとか」

「ええ？」

　すごい偶然だ。

「だから大神さんが千明さんのことをちーと呼べば、智佐子さんの霊も喜ぶんじゃないかと思って、お伝えしようと思ったわけです」

　昨夜は大神が千明をちーと呼ぶたび、なぜか幸福感に包まれた。そうだったのか、と腑に落ちた。

　ただ怖くて消えてほしいばかりだった智佐子の霊が、急に人間味を帯びた気がする。

　橘が眉尻を下げ、ため息をついた。

「調べてみたら、智佐子さんかなりお気の毒で」

「旦那さまが戦争に取られて、本人も若くして亡くなったからですよね？」

「それだけではなかったんです」

橘は智佐子について調べたことを訥々と話し出した。

「手記によると、四十八手の描かれたあの巻物は、智佐子さんが結婚するときに母から持たされたものらしいです。あれは山神さまに捧げられる巫女としての役目であったと」

時代もあるのだろうが、そんなものを娘に持たせるとは。

だが夫が神とも祀られたハイブリッドアルファとくれば、妻としてより巫女としての使命があったのかもしれない。

霊媒の家系だと虎太郎は言っていた。智佐子は巫女として、神と契りを結んだのだ。

「親の決めた許婚と祝言で初めて顔を合わせる、なんてことも珍しくなかった時代、智佐子さんは相愛だった幼なじみと結婚できた。これは幸せだったでしょうね。ところが四十八手の半分も済まないうち、夫は戦争に取られ、あえなく戦死。智佐子さんはすでに身籠っていた子を産みはしたが、儀式をすべて済ませられなかったから神が亡くなったのだと、周囲からずいぶん白い目で見られたらしいです」

「そんな……」

まったく関係ないのに、それはひどい。

ただでさえ愛する夫を失って絶望しているのに、こんな小さな村で、迷信に凝り固まった時代にそんな目に遭ったら。

智佐子の境遇を思うと、気の毒で胸が痛いほどだ。

(悪霊だなんて思ってごめんなさい……)

「わたしも、なぜ四十八手なんだと疑問だったんです。相手はハイブリッドアルファでなければいけないと聞いていたので、どうせ浄霊できないと思っていたから特に調べることはしていなかったんですが。しかし、そういう背景があったんですねえ。四十八手を完遂して、巫女としての役割を果たすこと。それが彼女が成仏できる方法なのです」

馬鹿らしいと思っていた自分を殴りたい。

智佐子にとっては、真剣な使命だったのだ。それこそ命懸けの。

彼女はずっと帰らぬ夫を待ち続けていた。智佐子の魂を救えるのは自分と大神しかいない。

嫌々だった自分の心が、熱く満たされていくのを感じる。

助けたい、智佐子の魂を。

「奈津彦さん、おれ……」

大神を見上げ、ぐっと両の拳を握った。

「おれ、四十八手真剣にやりますから!　智佐子さんの霊に満足してもらえるように!」

「……おう」

大神がコホン、と咳払いして初めて、橘の存在を思い出した。

千明の力強い四十八手宣言に温かな笑みを浮かべながら頷く橘を見て、地中にめり込みたいほど恥ずかしくなった。

なぜ四十八手と言った、自分！　せめて真剣に浄霊しますと言えばよかったものを！

「あああああの……っ、い、今のは……、き、聞かなかったことにしてくださいっ……！」

泣きたい。

橘は思わず両手で顔を覆った千明を慮って話題を変えようとしてか、

「もうひとつお話ししたいことがあるのですが」

と話し出す。

「虎太郎のこと、悪く思わないでやってください」

「え……」

まだ真っ赤な顔を上げ、羞恥の涙の残る目で橘を見れば、沈痛な面持ちをしていた。

「純くんから、あなた方と虎太郎の間の空気が少々硬いようだと聞きましてね」

虎太郎の告白を聞いてからも子どもたちの前では普通に接していたつもりだったが、さすがに年長の純はなにかを感じ取っていたらしい。

大神も真面目な表情になり、まっすぐ橘を見つめる。

「虎太郎くんから、当初伺っていたこととは違う目的でわたしどもを招待したと聞き、正直わたしも妻もいい気分ではありません。断ることもできない状況で、夜も子どもたちと離れて過ごす心配もあります。こんなことなら、子どもたちは家に置いてきたかった」

「それはもちろん、ご立腹のことと思います」

橘は自分が悪いことをしたように頭を下げる。

「虎太郎は、家庭の温かさを感じたかったんだと思います。大神さんの家から戻ってきたとき、とても嬉しそうにしていました。すごく仲のいい素敵な家族だったと。あの子は小さな頃から家庭の温かさに飢えていたので」

まるで虎太郎を幼い頃から知っているように言う。

「あの子には姉が二人いるんですが、青木は旧家ですからね。どうしても男児が、跡取りがと母親もかなりプレッシャーをかけられて、結婚九年目にしてやっと生まれたのが虎太郎です。虎太郎には強力な見鬼の才があった。母親は気味が悪かったのでしょうか、姉二人を連れて家を出ていってしまったんです」

「虎太郎くんを置いて……？」

橘は辛そうに頷く。

母に見捨てられた虎太郎の気持ちを思うと、きりっと胸に痛みが走った。

「虎太郎の父、龍之介(りゅうのすけ)さんはまったく見鬼の才のない方で、あの子の見えるものは理解できませんでした。あの子をわかってやれたのは、同じく見鬼の才に恵まれた祖父、正(ただし)さんだったのです。正さんはそれはそれは虎太郎を可愛がりました」

おじいちゃん子なんです、という虎太郎の言葉が耳によみがえる。

「橘さん、どうして虎太郎くんのことそんなに詳しいんですか?」

橘はかすかに笑うと、恥ずかしげに後頭部に手を当てた。

「実は、わたしは青木の血筋でして。祖母方の家系なので、姓は違いますが。虎太郎に比べれば、そんなにはっきり見える方じゃありませんがね。わたしなぞ目を凝らしてようやく見える程度ですが、虎太郎は見たくなくてもあれこれ見えちゃうんですよ、気の毒なことに」

僧侶だから、修行によって見られるようになったと思っていた。まさか彼も青木の家系だったとは。

「虎太郎や正さんくらい力が強いと、見えるだけではなく声も聞こえるんですよ。なにしろ正さんの初恋は、なんと智佐子さんだそうです」

「ええっ?」

まさか、幽霊に恋を?

「智佐子さんはたいそう美しい方です。夫を想って泣く智佐子さんの声まで聞こえてしまって、正さんはなんとかしてやりたくて、でもハイブリッドアルファではない自分にはどうすることもできない。ハイブリッドアルファの知り合いもいない。失意のまま老いてしまい、皮肉なことに先祖から受け継いで守ってきた大事な旅館も、幽霊のうわさで閉業に追い込まれてしまった……。ところがです」

橘は、大神と千明の顔を交互に眺めた。

「龍之介さんの婚外子にハイブリッドアルファの夫を持つ千明さん、あなたがいると知り、虎太郎はどうしても祖父の願いを叶えたくてあなたに会いに行きました」

「じゃあ……」

橘は真剣な目で二人を見て、

「虎太郎は智佐子さんの霊を成仏させて旅館を立て直すことを祖父に約束し、安心させてあげたくて必死なんです。あなたがたには関係のない話なのはわかっています。図々しいことは承知です。でもお願いします、虎太郎を嫌わないでやってください！　この通りです！」

畳に手をつき、額をぶつけんばかりに頭を下げる。

「た、橘さん、顔を上げてください……！」

そんな背景があるなんて知らなかった。だったらそう言ってくれれば、虎太郎を利己的な人間だと思わずに済んだのに。

――……お兄ちゃんの家族は、いい人ばっかりですね。

あのときの虎太郎は、寂しそうにほほ笑んでいた。家庭の温かさに飢えた彼は、大神家がうらやましかったのかもしれない。

「おれ、虎太郎くんに謝らなきゃ」

なにも知らず、冷たくしたことを。

早く虎太郎に謝りたくて、旅館への道を急いで戻った。


二人で話したいからと大神にお願いして、千明は虎太郎の部屋を訪れた。

虎太郎の部屋のドアをノックすると、すぐに「はい」と返事があった。ドアが開くと、机の上には広げられた問題集が見える。

虎太郎は千明を見て、意外そうに眼鏡の奥の目を見開いた。

「お兄ちゃん。どうしたんですか」

自分より少し高い位置にある虎太郎の目は、よく見れば充血している。わずかな合間を縫って勉強しているのだろう。きっと子どもたちを寝かせたあとや、早朝にも。

こんなに一生懸命な子に冷たく接したことを、心の底から後悔した。

「虎太郎くん、ごめんね」

「なんでお兄ちゃんが謝るんですか？」

「聞いたんだ。虎太郎くんが浄霊したいのは、おじいちゃんのためなんだって」

虎太郎は一瞬だけ息を詰めると、ややして諦めたように小さく吐き出した。

「橘さんですか……。すみません、お耳に入れるつもりじゃなかったんですけど」

「どうして？　最初から言ってくれれば……」

言ってくれた方が納得できた。大好きなおじいちゃんのためにと言われたら、千明だって腹を立てたりしなかった。

虎太郎は苦笑した。

「最初から幽霊退治をしてくれなんてお願いしていたら、来てくれなかったと思います。頭のおかしな人間と思われて追い返されるのがオチです」

「それは……、でも、せめてさっきおれが尋ねたときに理由を話してくれてたら」

虎太郎は、年齢にそぐわない大人びた表情をした。

「だってそうしたら、お兄ちゃんはぼくを許さなきゃいけなくなるでしょう？」

え、と目を見開いた。

「お兄ちゃんと初めて会ったときわかったんです。やさしい人だって。もしぼくが情に訴えたら、きっとお兄ちゃんは不満を飲み込んでしまう。通常ならあり得ないことをさせられるのに、お兄ちゃんは文句も言えなくなってしまう。そんなのずるいですよね」

「虎太郎くん……」

「卑怯な真似をしていると自覚してます。だから、お兄ちゃんは怒っていいんです。ぼくを恨むことで少しでも気持ちが楽になるなら、恨んでください。お兄ちゃんたちの気が済むなら、殴られても構いません」

母に疎まれ、父にも理解されず、大好きな祖父の死に瀕してたった一人で。

言い訳もせずに全部自分が背負う覚悟で、少しでも千明と大神が楽でいられるようにと考えたのだ。

まだ高校生なのに、こんなに気を使う環境に彼はいたのだろう。

達観したような笑みを浮かべる少年がもどかしい。

「もっとわがままになってよ。虎太郎くん、まだ高校生なんだよ？　そんな顔で笑わないで。頼っていいんだよ……、兄弟なんだから」

ぴく、と虎太郎の体が揺れた。

その虎太郎の手を取る。

「わかってあげられなくてごめんね。おれ、鈍くてごめん。だからちゃんと言ってよ。力になれるところはそうするから」

虎太郎は慈しむような目で千明を見て笑った。

「ほんと、やさしいですよね、お兄ちゃん。お兄ちゃんみたいな子どもだったら、うちの両親も仲よくできたかもしれませんね。て、お兄ちゃんのお母さんから父を奪っておきな

がら、ぼくが言っていいセリフじゃありませんでした。ごめんなさい」

「そんなの虎太郎くんのせいじゃない！」

そう言ってから、こうやって虎太郎の言葉を否定したら、それこそ彼はなにも言えなくなってしまうのではないかと気づいた。

「あのさ……、おれ、父に思うところはあっても、虎太郎くんやお母さんのこと悪く取ったりしないよ。おれの母と父とのことに、虎太郎くんはなんにも関係ない。だからそこは本当に気にしないで」

虎太郎はほほ笑みながら、千明と繋いだ手を握り直した。

「ちょっと甘えてもいいですか」

「もちろん！　お兄ちゃんに甘えなさい！」

どんと来い！　と胸を反らした次の瞬間、虎太郎の腕に抱きしめられていた。

「……っ、あ、あの、虎太郎くん……？」

まさか抱擁されるとは思わず、うろたえて顔を赤くする。千明が子どもたちを抱きしめることはあっても、自分より体格のいい男性は大神としか抱き合ったことがない。

振りほどけないような力ではないけれど、突き放してはいけない気がする。

どぎまぎしながらされるままになっていると、耳に触れそうな距離で虎太郎が囁いた。

「お兄ちゃんが好きです」

「………、えっ⁉」

思わず大きな声を出し、驚いた虎太郎がパッと手を離す。

千明は一歩後ろに体を引き、真っ赤な顔で否定するようにあわあわと両手を振った。

「いやいやいやいや虎太郎くんっ、それはだめ！　お、おれ結婚してるし……、ていうか、そもそも兄弟だし！　倫理的に、こう……」

傷つけたいわけじゃない。でも千明がもし結婚していなかったとしても、その想いには応えられない。

なんと言って気持ちだけ受け取ればいいのだろう。

パニックになる千明を呆然と見ていた虎太郎の表情が少しずつ歪み——ぶっ、と噴き出した。

「お兄ちゃん……っ！」

虎太郎は体を折り曲げながら爆笑する。

「そ、そっか……、ごめんなさい、言い方が悪かったですね。恋愛の好きじゃなくて、人として大好きって意味で……。す、すみません、笑い止まらなくて……っ」

笑いを抑えようとしてか腹に手を当て、涙まで滲ませている。

（勘違い……！）

頭がくらくらするほど恥ずかしくて、思わず背を丸めて体を小さくする。弟に恋愛感情を持たれたと勘違いするなんて、消えてしまいたい！

虎太郎はひとしきり笑うと、眼鏡を外して指で涙を拭った。

「なんかお兄ちゃん、九つも年上なのに可愛いですよね。もっと早くからお兄ちゃんと知り合いたかったです。お兄ちゃん、大好き」

兄の威厳など欠片もないのはどうだろうと思うが。

赤みの残る顔でも、これだけは伝えねば。

「おれも、虎太郎くんのこと好きだよ」

虎太郎は甘えるように千明の瞳を覗く。

「呼び捨てでいいですよ。弟なんだし」

「じゃあ、おれも敬語じゃなくていいよ」

視線を交わして互いの様子を探り、虎太郎が先に口を開いた。

「ぼくの性格的に、ちょっと時間がかかりそうです。なにしろ親にも敬語なので」

「実はおれも、呼び捨てあんまり得意じゃない。なにしろ夫もさんづけだから」

二人同時に笑い出す。

「じゃあ、努力目標ってことで」

「はい。お兄ちゃんがぼくの兄でよかったです」

「おれも、虎太郎くんが弟で嬉しい」

これからきっと距離を縮めていけるだろう。会えなかった時間のぶんも、楽しいことをたくさんしよう。

「これからもよろしくね、虎太郎くん」

「よろしくお願いします」

穏やかにほほ笑む虎太郎を見て、やっぱり人を嫌うより好きでいる方がいいと、あらためて思ったそのとき。

「ちょっと、そこのあなた！」

とげとげしい声がして振り向くと、まなじりを吊り上げた五十絡みの女性が、大仰な足音を立ててこちらに歩いてくるところだった。背が低くずんぐりとした体形の女性は、私立学園のＰＴＡ会長を連想させるような服装と髪型をしている。

虎太郎が、

「お母さん！」

と千明の前に飛び出るのと、千明が勢いよく横っ面をひっぱたかれたのは同時だった。

「つ……っ！」

一瞬なにが起こったかわからず、驚いて虎太郎の肩越しに女性を見る。虎太郎がお母さんと呼んだことを認識したのは、こめかみが痛みにじんじんと痺れてからだった。

千明に摑みかかろうとする母を、虎太郎が止める。

「お母さん、なんてことを！」

虎太郎の母は、鬼のような形相で怒鳴りつけた。

「うるさい！　ここは青木の家よ！　美津代さんから聞いて急いで来てみれば、なんで不貞の子をこの家に入れてるの⁉」

あまりの勢いに圧(お)されて頬を手で押さえたまま呆然としていたが、虎太郎の「お兄ちゃん、逃げて！」の声で我に返った。

自分は確かに父の婚外子ではあるが、結婚前にできた子どもだ。母がどれだけ頑張って千明を育ててくれたか。

虎太郎の母からすれば面白くないのはわかるが、自分が卑屈になる理由はない。ここで自分が逃げ出したら、まるで千明の母が悪いみたいじゃないか。

正面からまっすぐ虎太郎の母を見つめ、堂々を背を伸ばした。

「お言葉ですが、母は父と別れてから関係を持ったことはないと信じています。まるで愛人だったかのように侮辱するのはやめてください」

虎太郎の母は、射殺さんばかりの視線で千明を睨みつけた。

いつもなら、こんな目で睨まれたら怯(ひる)んでしまっただろう。けれど今は、母の誇りを守りたい。

虎太郎の母は腕を振りほどくと、肩を思い切り突き飛ばした。よろけた虎太郎の背を支えた千明に、憤怒の視線を注ぐ。

「認知外の子が、図々しく本家の敷居をまたいで……。浄霊にかこつけて、どうせ財産目当てなんでしょう？　じゃなかったら、あたしに黙って入り込むはずないわ」

「お母さん、違うんです。ぼくがお兄ちゃんを無理に呼んで……」

「あなたもお兄ちゃんなんて呼ぶのはやめて！」

虎太郎の母は顔を真っ赤にして激高している。今はなにを言ってもより怒らせてしまいそうだ。

「いいこと？　この旅館はどうせ取り壊すんだから、浄霊なんか必要ないのよ！　あなたは大人しく大学を出て、東京の会社にでも就職しなさい！」

虎太郎は表情を引き締めると、眼鏡を外して母の顔をじっと見た。

「な、なによ……」

目に見えて母が怯む。

眼鏡を外した虎太郎は顔立ちが整っているのがはっきりわかって、厳しい表情をすると凄みが出る。

「ぼくのこの目は、おじいちゃんから受け継ぎました。ぼくはおじいちゃんが大切にしていたこの旅館を守りたいんです。お父さんもお母さんもここをいらないなら、ぼくがもらいます」

虎太郎は見鬼の瞳で、なにかを見透かすように母を見つめる。この目で見られたら、心の中まで透けてしまいそうな気になるだろう。

虎太郎の母は気圧されたように一歩後ずさると、くるりと踵（きびす）を返して大股で歩き出す。

「あなたたち、龍之介さんにそっくり」

去り際に呟いた声が、なぜかとても寂しそうに聞こえた。

母が廊下の突き当たりを曲がって姿を消すと、虎太郎は千明に向き直って心配そうに叩かれた頬にそっと手を当てた。

「ごめんなさい、痛くないですか？」

「ううん、もう大丈夫。虎太郎くんが悪いんじゃないんだから謝らないで」

それでも申し訳なさそうな顔をする虎太郎に笑ってみせた。

「お母さんにしてみれば、おれの存在は腹が立つよね。顔を見たくないと思うのもわかるよ。息子が仲よくしてたら気分が悪いのも。虎太郎くんのお母さんが嫁いできた家だもん」

「そんな、お兄ちゃん……」

「おれだって、もし虎太郎くんのお母さんと同じ立場なら複雑な気分になると思う。だから、お母さんのこと責める気にはならない。でもおれの母のことは反論させてもらうけど」

虎太郎はそれでも頭を下げると、ぽつぽつと語り出した。

「お母さん、万里絵(まりえ)っていいます。ぼくが三歳のときには家を出ていって、それ以降はときどき顔を見るくらいで。最後に顔を合わせたのも、ぼくが高校に入学したときです」

万里絵さん。

小柄でふくよかで、身なりも高級そうで気を遣っていた。いいところの奥さまという空気が出ていて、にこにこしていたらきっと好感を持っただろう。今だって、母のことを侮辱するような発言はあったが、万里絵の心中を思えばカッとなってしまったのも無理はない。

「それは、寂しいね」

「あ、でも誕生日には毎年プレゼントを贈ってくれるんですよ。だからぼくのこと忘れてるってわけじゃありません」

そう言ったときの虎太郎はかすかに口もとを弛ませていて、母のことが好きなんだなとほほ笑ましく思った。どれだけ離れていても、誕生日に忘れずプレゼントを贈ってくれるような母なら大好きに違いない。万里絵にしても、息子への愛情があるのがわかる。

「父はあまり母と仲がよくなくて……、というか、当時の父は旅館の経営と別の仕事をかけ持ちしていて忙しかったせいでしょうか、あまり家庭に興味があるように見えませんでした。どちらかと言うと冷たい印象です」

父はやさしい人だと千明の母は言っていたから、それは意外だ。

「母は父との結婚生活が耐えられなくなったんだと思います。仕事ばかりで家庭を顧みない父、霊と人間の区別もつかないほど視える薄気味の悪い子ども……」

「そんな言い方しないで。薄気味悪いなんて」

虎太郎は苦笑して眼鏡をかけ直す。

「今は慣れたのと眼鏡のおかげでマシですが。霊と遊んでたり会話してたりしたら、普通に気味悪いでしょう？　でももともと、子どもって大人より視えやすいんですよ。年齢とともに視えなくなるのが自然です」

そういえば、ここでも霊を目撃したのは子どもばかりで、自分や大神には視えない。

虎太郎は千明を見ていたずらっぽい表情をした。

「お兄ちゃんも、子どもの頃は視えてたかもしれませんよ。気づかなかっただけで」

「こ、怖いこと言わないでよ……！」

思わずぶるっと震えて両腕で自分を抱くと、虎太郎は楽しそうに笑った。

「ごめんなさい、意地悪言いました。視えない人はぜんぜん視えないから、多分お兄ちゃんも大丈夫です」

そんなふうに笑っていたのに、虎太郎の笑顔はふと途切れた。

「……子はかすがいって言葉あるじゃないですか」

「うん」

子どもへの愛情から両親の仲が保たれる、そういう意味だ。

「ぼくには姉が二人いて、でも旧家だし男児の跡継ぎを待望して、それでようやっと生まれたのがぼくだったんですけど」

橘にもそう聞いた。それだけでも、万里絵は頑張っただろうと想像できる。

虎太郎は自分の前髪をくしゃっと握った。

「それだけ望まれていたくせに、両親の仲を取り持つどころか壊してしまった。いい子でいようと頑張ったけど、かすがいになれなかった自分が心苦しくてたまらないんです」

「それは違うよ、虎太郎くん！」

夫婦には色々ある。不仲には子どもが原因のことだってあるかもしれない。でももしそうだったとしても、それは子どもの罪なんかじゃない。絶対に。

幼くして母が家を出てしまっても、虎太郎は両親に気に入られようと頑張ったと言っている。そんな健気(けなげ)な努力をした虎太郎が、罪の意識を感じる必要はない。

「お父さんとお母さんが上手くいかなかったとしても、それは本人たちの問題だから。それにお母さん、毎年お誕生日プレゼントくれるんでしょ？　虎太郎くんのこと好きだよ。嫌いならとっくに別れてるよ、きっと」

「ぼくは父親似だから、お母さんはあんまり顔見たくないみたいです。離婚しなかった理由は……、お金の面で、かも……」

言葉を濁すが、別れたら万里絵は暮らしていけないからとか、そういうことを言っているのだろう。

実家に戻れる人ばかりではない。虎太郎は置いていったというが、娘二人を抱えて、もし離婚と言われても万里絵は応じなかっただろう。

千明自身、一度は一人で美羽を産んで育てようと思ったことがある身だ。将来への金銭的な不安はよくわかる。

「血筋とはいえ、ぼくに見鬼の才がなかったら、両親はまだ一緒に暮らしてたんじゃないかなとか、お母さんは……、ぼくも連れてってくれたのかなとか」

虎太郎の声は小さく、頼りない。

鼻の奥がつんとした。

自分を責めて、悲しみを押し込めて。もしかしたら幼少時には、視えないはずのものが視えることで、友達の間や学校でも嫌な思いをしたかもしれない。いい子にしていたらお母さんは帰ってくるかもと期待していたかもしれない。

オメガでなかったらと何百回も思った自分の過去に、虎太郎の姿が重なる。でも、自分はオメガだから大神と出会えた。オメガだから今の自分と家族がある。だから。

「おれは、虎太郎くんと会えて嬉しいよ。虎太郎くんにその力がなかったら、きっとおれたち会えなかったよね。智佐子さんだって、ずっと幽霊で旦那さまを待ち続けたまま。虎太郎くんのおかげで、やっと成仏できるかもしれない。おじいちゃんだって可愛がってくれたんでしょう？」

「お兄ちゃん……」

「虎太郎くんはそのままでいいんだよ。今はそうは思えないかもしれないけど、絶対、絶対今の自分でよかったって思うときが来るから！　おれが保証する！」

虎太郎の顔が、泣き笑いのように歪んだ。

「ほら、お兄ちゃんに甘えなさい」

両腕を広げれば、切ないほど安心した笑顔を見せた弟を、心の底から愛しいと思った。

6.

「……ていうことがあったんですよ」

部屋に戻った千明は、虎太郎と話した内容、万里絵と会ったことを大神に話した。万里絵に叩かれたことだけは伏せて。

大神は懐手をしたまま腕を組み、「なるほど」と頷いた。

「虎太郎くん、奈津彦さんにも不快な思いさせてすみません、あとで謝りますって言ってました」

「いや、俺も謝らなければいけないだろう。虎太郎くんが隠そうとしていたとはいえ、可哀想なことをした」

こうやって真実が見えてしまえば、互いに相手を思いやれるものだ。

「ですね」

自分に憑いている智佐子のことも、真実を知らなければただ祓いたいだけの悪霊も同然だった。今は、彼女に満足して心安らかに旅立って欲しいと思う。方法に難はあれど、自分が手助けできるなら頑張るだけだ。

結局昨晩は前戯も含めた四十八手のうち、六つをクリアした。発情期でもないのによく頑張ったと自分でも思う。体力精力ともに桁違いのハイブリッドアルファの大神はまだまだいけそうだったが、千明の体力が持たなかった。

自分の中の智佐子に、

(お正月は一緒に迎えることになりそうですね)

とため息とともに呟いたとき。

「失礼します、大神さま」

諭吉が部屋を訪れ、丁寧に手をついて頭を下げた。

「旦那さまと大旦那さまが戻られました。本当ならこちらからご挨拶差し上げるところなんですが、大旦那さまは足が不自由ですんで、申し訳ないんですがお越しいただけないでしょうか」

ぴきん、と空気が張りつめた。

初めて会う父と祖父。母を捨て、今までなんの連絡も寄こさなかった人。実際に目の前にしたら、自分はどんな感情を抱くんだろう?

急に心臓がどきどきしてきて、胸の上で拳をぎゅっと握った。

「大丈夫か、ちー」

大神に肩を抱かれ、こくんと頷く。

子どもたちを部屋に残し、諭吉に先導されて長い廊下を歩いた。豪華な襖の前まで来ると、諭吉が中へ声をかける。

「大神さまをお連れしました」

緊張しながら襖が開かれるのを待つ。どくどくと鳴る心臓の音がうるさい。こめかみに血が逆流しているみたいに熱い。体は熱いのに、なぜか手のひらに冷たい汗をかいた。

音もなく滑らかに開いた襖の向こうには、二十畳ほどの日本間が広がっていた。大きな木の座卓に数人が座っている。

奥の上座には脚つきの座椅子に腰かけた和服の老爺と、隣には虎太郎が。そして手前にはさっき会った万里絵と――。

「愛美(まなみ)の子……、なのか」

振り向いた男性が、かすかに目を見開いた。

愛美。

母の名を、久しぶりに聞いた。自分が母を思い出すときも〝お母さん〟だったから。

「……お父さん?」

仕立てのよいビジネススーツに身を包んだ龍之介は、千明を見て喜びとも困惑ともつかない表情をした。

まだ白髪の少ない五十がらみの龍之介は、虎太郎がそのまま年齢を重ね、洗練されたような顔立ちをしている。自分は母親似だと思っていたが、龍之介を見れば、両親の顔を半分ずつ受け継いだのだと知った。

自分でも驚くほど、動揺はなかった。もっと喜んだり腹が立ったり、少なくとも激しく心揺さぶられると思っていたのに。

この人が自分の父という事実だけが、しっとりと胸に沁み込んでくる。顔を合わせる前の方が、よっぽど緊張していた。

知らない人だけれど他人ではないような、逆に他人ではないはずなのに知らない人というのが、不思議な感じがした。

視線が合ったのはわずか数秒ほどだったろうか。虎太郎の隣に座っていた祖父の正が、唸るような声を上げた。

「おお……」

正は千明を見て、よろめきながら座椅子から立ち上がろうとしている。虎太郎が急いで立ち上がり、正の体を支えた。

「おじいちゃん、無理しないで座ってて」

だが正は虎太郎の声が聞こえないように、千明を凝視している。

和服に身を包んだ正の体は、今にも崩れ落ちてしまいそうにやせ細っている。肌は黄色くくすみ、薄くなった白い髪にも艶はない。

正の頬がぶるぶると震え、目尻に光るものが浮かんだ。千明に向かって枯れ枝のような腕を伸ばす。

「近くに……」

大神に背を押され、千明はゆっくりと正に近づいた。正は千明を見ているようでいて、千明に重なる智佐子を見ているのがわかる。

それを悲しいとは思わなかった。

しゃがんだ千明が正の手を両手で包むと、深い顔の皺を通って涙が顎まで伝った。正の目に映る智佐子は、橘の言うように幸せそうなんだろうか。

「……虎太郎くん。智佐子さん、今どんな表情してるのかな」

尋ねると、虎太郎はやさしい目で千明を見た。

「とても嬉しそうです。以前はいつも悲しげに下を向いてたんですけど。ね、おじいちゃん」

そう聞けば、自分の目に見えないのが残念なようにも感じる。

正は自分の手を包んだ千明の両手に、拝むように額をつけた。かすれた吐息のような細い声が、色のない唇から漏れる。

「ありがとう……」

正の心からの感謝が、じわ、と温かく千明の胸に広がる。

そして正は声を出すのもやっとといった口調で、途切れ途切れに言った。

「息子と……、あんたのお母さんの、結婚を……、反対して、すまなかった……」

それを言われると、ちくんと痛みが走る。その言葉は自分ではなく、母が聞くべきだったものだ。自分が許すも許さないもない。

「おれがいいよとは言えません。おれは母じゃないから。母はとても苦労したと思います。でも……、誰も恨まない人でした」

だからきっと、正のことも恨んではいない。だがそれを母以外が口に出す権利はないから、言葉にはしないけれど。

もしかしたら、祖父に憎しみの気持ちが浮かんでしまうかもしれないと怖かった。表面上は気にしていないふりをしても、腹の底に黒い感情が溜まってしまうのではと心配だった。

けれど今、正を前にしてもそんな感情はみじんも浮かばない。

虎太郎の大好きな祖父というバイアスがかかっているのか、母への謝罪を口にしてくれたからか。ただただ、初恋の人の嬉しそうな顔を見せてあげられてよかったと思う。

彼が謝ったのが利己的な理由からだったとしても、心から悔いたのだとしても、どちらでもいい。正が母のことを少しでも気にしてくれたことで、母が救われた気がした。

千明は正に向かってほほ笑みかけた。

「ご挨拶が遅れてすみません。はじめまして。千明と申します。こんな形ですが、お会いできてよかったです」

正はくしゃっと顔を歪ませると、もう一度「すまんかった……」と口にした。

そして千明の手を離すと、辛そうに座椅子に背を預ける。虎太郎が心配そうに、正の背をさすった。

「おじいちゃん、もう横になった方がいいよ。諭吉さん、お願いできますか」

部屋の隅で控えていた諭吉が駆け寄り、正を支えて立ち上がらせた。庭仕事をしている諭吉の力は強そうで、安定して正を歩かせている。

正と諭吉が部屋を出ると、万里絵が千明を睨みながら低い声で呟いた。

「あなたも出ていったら？　お義父さんを安心させてあげたし、もう用はないでしょう？」

「やめなさい」

万里絵の隣に座っていた龍之介が、ぴしりと諫めた。万里絵は不満そうな顔で口を噤む。

やさしいと聞いていた千明の実父の纏う雰囲気は、ぴんと張りつめていてどこか冷たい。

まっすぐ背を伸ばして正座しているせいだろうか、笑顔がないせいだろうか。

虎太郎が座卓に身を乗り出すようにして言った。

「お母さん、さっきも言ったけど、大神さんたちはぼくとおじいちゃんが招待して……」

「虎太郎！　おまえも浄霊などとくだらないことを言って、他の人に迷惑をかけるんじゃない」

父に遮られ、虎太郎は顎を引く。

「どうせ父の資産を受け継いだら、わたしはこの旅館を取り壊すつもりでいる」

虎太郎はハッと顔を上げた。

「待ってください！　ぼくがここを継ぎます。そのために今、協力してもらってるんです」

龍之介は虎太郎の言葉を黙らせるように一瞥（いちべつ）し、大神と千明に向き直ると、畳に手をついて深々と頭を下げた。

「家族がご迷惑をおかけして申し訳ありません」

そして顔を上げ、懐かしそうな目で千明を見つめた。

「千明さん、と呼ぶべきかな。愛美……さんの面影がある」

千明だけでなく母もさんづけしたのは、龍之介の礼儀だろう。

「なんと言っていいかわからないが、父としての役割を放棄したことについては、詫（わ）びる言葉もない。愛美さんの意向とは対立してしまうかもしれないが、こうなった以上、今後はわたしで力になれることがあればおっしゃっていただきたい。もちろん、遺産相続の際には青木の実子と同等に分配するとお約束する」

「龍之介さん！」

龍之介の隣で、万里絵が金切り声を上げた。

「なにを言ってるの⁉　うちには虎太郎だけじゃなく、理沙（りさ）と美沙（みさ）もいるのよ！　財産目当てにのこのこやってきた子に……」

「やめないか、見苦しい！」

龍之介は雷のような声で万里絵を叱責する。

「きみの方こそ、十五年も別居していながらわたしと離婚れたがらないのは、金が理由じゃないのか？」

万里絵は一瞬で顔色を失くすと、わなわなと体を震わせ始めた。

「あなただって……、ただ霊能力目当てでうちの家系と縁組しただけのくせに……」

龍之介と万里絵の視線がぶつかる。

霊能力目当て？　と疑問を投げかける隙もなく、万里絵が爆発した。

「お望み通り、見鬼の才を持つ男の子を産んであげたじゃない！　どうせ理沙と美沙は可愛くないんでしょうっ、見鬼の才がないから！　あたしにそっくりで不細工だから！」

万里絵は激高して畳を叩いた。

「あ、あたしだって、愛されて結婚したなんて思ってなかったわよ……！　でも、いつまでも昔の女を忘れられないなんて、悔しいじゃない！　今さら他の女の子どもを受け入れるなんて馬鹿にしてる！」

どきん、と心臓が跳ねた。

「お義父さんだって！　あたしのことなんてどうでもいいから、あたしの目の前でこの人に謝罪したりするんでしょ⁉　あなたの妻はあたしなのに！」

ひとしきり怒鳴ったあと、肩で息をする万里絵のマスカラが滲み、口紅を塗った唇が歪んだ。涙を堪えようとした万里絵の声が震える。

「どうせ……、あ、あたしは美人じゃないわよ……。あなたみたいに素敵な人、あたしじゃ不満だったでしょうね……。でもあたしは嬉しかった……」

龍之介がかすかに目を瞠る。

まるで、今初めて妻の顔を知ったように。

「期待に応えたくて頑張ったのよ？　虎太郎が生まれて、やっとあたしを見てくれると思ったのに……。あなたはとうとう、あたしを見てくれなかった。義務で作っただけの子どもより、好きな女の子どもの方が可愛いに決まってる……！」

「万里絵……」

伸ばしかけた龍之介の手を、万里絵が激しく払った。そして千明を振り向くと、赤くなった目で睨みつける。万里絵の視線が、千明を切り刻まんばかりだ。

「可愛い顔してるものね……。愛美さんとやらに似てるんでしょ？　あたしだって……、あなたみたいな顔だったら……っ」

どん！　と万里絵の感情が胸にぶつかってきた。

お金のためなんかじゃない。彼女は夫を愛しているのだ。好きで、好きで、自分を見て欲しくて頑張って、でも夫の気持ちは余所にあると絶望して――――。

先ほどの、正が千明の母との結婚を反対したことへの謝罪を聞いたときの万里絵の気持ちを推し量ると、申し訳なさでいっぱいになった。妻としての彼女の立場はズタボロだ。

正が体力的にも精神的にも、万里絵を思いやれる余裕がなかったのは仕方ないだろう。だが自分はもっと万里絵に気を遣うべきだった。どれだけ配慮のないことをしたか、言われるまで気づかないなんて。

万里絵は最後に龍之介を見ると、涙を隠すように部屋を飛び出した。

「お母さん！」

万里絵を追って、虎太郎も部屋を飛び出す。

千明は一瞬立ち上がりかけ、自分が追いかけていっても逆効果だと思い留まった。今は千明の顔なんか見たくないだろう。謝られたりしたら、腹が立って仕方がないに違いない。

龍之介を見ると、わざと無表情を保とうとしているかのように、硬い表情で座っている。

龍之介は眉根を寄せ、二人に向かって頭を下げた。

「妻が大変な失礼を……。重ね重ね、申し訳ありません」

そんな龍之介にもどかしさが募る。

「追いかけないんですか？」

「あとで話し合います。…………千明さん」

顔を上げた龍之介に見つめられ、心臓がずくんと収縮した。

「長年あなたの存在を放置してきたことに、言い訳の余地はありません。申し訳ありませんでした」

「自分のことについては……、もうなにも思っていません。母のことはわかりませんが」

龍之介は昔を思い出すように両目を眇めた。

「今さらこんなことを言っても保身にしか聞こえないでしょうが、あなたのお母さんのことを、わたしは本当に愛していました」

確かに今さらだ。

龍之介はわずかに首を垂れた。

「でも結婚はできませんでした」

「……母がオメガだったからですよね？」

今ですら折に触れ差別的な視線を感じることがあるくらいだ。千明が生まれる前ともなれば、特にこういう田舎では、理解は難しかったかもしれない。

「それもありますが……、青木が霊視能力を売りにする家系であったことは、もうご存じですね？　わたしにその能力が出なかったことで、両親……特に母は焦りました。自分が見鬼の才のある子を儲けられなかったことで、孫は必ずという念に凝り固まっていたのです」

あ、と思った。

さっき万里絵の言った「霊能力目当て」という言葉を思い出したのだ。千明が気づいたことがわかったのか、龍之介は頷いた。

「そうです。愛美さんが反対されたいちばんの理由は、彼女にそういった力がないこと、そういう血筋でもなかったことが原因でした」

「虎太郎くんのお母さんは……」

「東北地方の口寄せの家系出身です」

なんとも非現実的に聞こえる。

「妻自身にその力はありませんが、妻の祖母は大変力の強い口寄せだったそうで、母はとても期待していました」

「だから、おれの母を捨てたんですか？　親に反対されたから」

「……信じてもらえるかわかりませんが、愛美さんの方から別れたいと告げられました」

「え……？　それは、どういう……」

「言い訳に聞こえると思いますが……」

龍之介は苦しげに眉を寄せ、滔々(とうとう)と話し出した。

「わたしはもともと家を継ぐこと、今の時代に霊媒の血筋など残すことに興味はなく、愛美さんと結婚して家を出るつもりでいました。けれど青木家に流れる血筋を聞いた愛美さんは尻込みし、そんな気味の悪い家と結婚はできない、腹の子も産むつもりはないから二度と会いたくないと一方的にわたしに別れを告げたのです」

「そんな……」

母の方から？

千明にとっては衝撃だった。今まで母は捨てられたとばかり……。

龍之介は急いで否定した。

「いえ、誤解しないでください。いや……、誤解していたのはわたしでした。愛美さんは、当時病気で先の長くなかったわたしの母から、青木家の見鬼の血を絶やさないでくれと泣いて懇願され、身を引く決意をしました。わたしはそれを知らず……」

目に見えるようだった。

愛する恋人の母親、しかも病に伏している人からの最後の願いを、千明の母が拒絶できたわけがない。底抜けにお人好しだった母が。

龍之介には両親と絶縁して欲しくない。自分が消えれば、龍之介の母も悲しみながら息を引き取ることもないだろう。それに自分といるより、きっと楽な生活が待っている。

そう考えただろうことは想像に難くない。

（お母さん……）

子どもは産まないと恋人に嘘をついて、隠れて一人で千明を産んだ。子どもを抱えてどれだけ生活に苦労することがあっても、母ならば父に頼ることは決してしなかったに違いない。きっと、父とその家族のことを想って。

（馬鹿だ……）

胸にこみ上げたものが、目の縁にじわりと滲んだ。

でも母の気持ちがわかる。自分が同じ立場だったら、やっぱりそうすると思うから。

龍之介は苦悩を吐き出すように続ける。

「わたしには表面しか見えていなかった。愛した人に気味が悪い、もう関わりたくないと言われて絶望しました。この村の中でさえ、青木は青鬼と言われ、子どもの頃から怖がって遠巻きにされていたから、そんな言葉に敏感になっていました……」

母が千明に、両親の反対にあって結婚を諦めたとだけ伝えたのは、幼い頃から臆病だった千明に、霊が見える血が流れていると言えなかったせいだろう。千明が血縁を慕わしく思って、探そうとするのを抑制するためもあったかもしれない。隠している部分はあれど千明に真実を伝えたのは、嘘をつくのも上手な人ではなかったからだ。

その母が、恋人のために必死で嘘をついた――気味が悪いから別れてくれと。

自分から距離を取った裏側で、どれだけ泣いたか。苦しんだか。

龍之介も、恋人に裏切られた気分だったのだろうが……。

「その言葉を、信じたんですか……？」

「……わたしは見苦しく、愛美さんにすがりました。家は捨てる、考え直してくれと。しかし彼女は突然姿を消してしまいました。そうまでしてわたしから逃げたかったのかと思ったら、もう諦めざるを得ませんでした」

龍之介の話が真実なのかは確かめようがない。本当は母を捨てたのに、千明の手前作り話をしている可能性もある。

けれど、龍之介の声に嘘はないように思えた。

「そして絶望したわたしは、両親の決めた女性と結婚して家を継ぐことにしたのです。母が喜んだことだけが救いでしたが……。ところが母が亡くなってから、真実を知りました。母が愛美さんに泣き落としで別れを迫ったこと、彼女がわたしの子――」

一瞬だけ言葉が途切れ、切ない瞳で千明を見る。

「千明さん、あなたを産んでいることを知り、いても立ってもいられず、愛美を探し出して会いに行きました」

当時を思い出してか、龍之介の声にわずかに力が籠もる。さんづけを忘れたことに、龍之介の感情が震えているのがわかった。

「もちろん帰ってくれと跳ねのけられました。せめて生活の援助をと申し出ましたが、それも拒絶されました」

母の行動の意味が、千明にはわかる。

せっかく距離を置いて想い出を胸に生きていこうとしているのに、心を乱さないで欲しい。お金をもらったら愛人になってしまう。それよりなにより、相手の家庭を壊したくない。

「なにがあっても今後一切姿を見せないでくれ、あなたとわたしは他人だ、来たら警察を呼ぶと言われました。わたしは最後にせめて息子の写真を、そうしたらもう来ないと約束すると頼みましたが、それも断られました」

もしそんな写真が龍之介の妻に見られたらと危惧したのだろう。妻に申し訳ないから。母はそういう人だ。

龍之介はしばしためらってから、スーツの懐に手を入れた。

「これがわたしが唯一持っているあなたの写真です」

そう言って、手帳型のスマホケースから、半分に折ったスナップ写真を一枚取り出した。かなり古びて色褪せた、ややピントのぼやけた写真には、小学校入学前くらいの千明が写っていた。

「これ……」

服に見覚えがある。当時好きだったアニメのキャラクターが描かれた青いTシャツは、千明が毎日着たがるから、母がしょっちゅう洗濯していた。

斜めを向いた少し遠いショットで、離れた場所から急いで撮影したのだと思われる。

「愛美さんに無許可で撮りました。こんなことで父親面できるものではありませんが……。わたしに写真を持たれているのが不快でしたら、どうぞお持ちください」

龍之介は断罪されるのを待つように、視線を畳に向けた。正座した膝の上に乗せた両の拳が、固く握られている。

古ぼけた写真を眺めていると、かすかな幸福感と切なさが胸の奥に少しずつ降り積もっていった。千明の中にあった父への反発心を覆い隠していく。

我ながら単純だとは思うが、たったこれだけで、目には見えずとも愛されていたと〝千明の中の子どもの部分〟が満足してしまった。

「お父さん……、と呼んでいいのか、青木さんと呼ぶべきかわからないですけど」

龍之介は顔を上げて、千明を見た。

「この写真、おれがいただいていきます」

龍之介が痛みを受けたような表情をして、千明は慌てて言葉を継いだ。

「違うんです、怒ってるんじゃありません」

誤解のないように伝えられるだろうか。

龍之介にほほ笑みかけると、迷子の子どものような顔で千明を見返す。

「写真、嬉しかったです。母のこと、たくさん愛してくれてありがとうございました。だから母も、おれのことたくさん愛してくれたんだと思います。いっぱい愛してくれた人の子どもだから。……でも、今の青木さんのご家族はおれじゃありませんよね？」

　この部屋での龍之介の言葉は、常に〝家族〟を青木家の一家として捉えていて、千明は家族外だった。当然だ。それでいい。

「おれの母は、あなたと奥さまの障害になりたくなくて、決して連絡するなと言ったと思います。だから、もし母やおれに遠慮してるならやめてください。奥さまと、今のご家族を愛していらっしゃるんじゃないですか？」

　龍之介は気まずそうに奥歯を噛むような表情をした。

　万里絵は感情の昂りを抑えられないほど龍之介が好きなのだと、千明にも痛いほどわかった。龍之介はそんな万里絵を初めて知ったようだった。

「……いい夫ではなかったと思います。週末しか帰ってこないことも、妻にしてみれば寂しくて心細かったでしょう」

　悔恨の滲む声で。

「妻は、若い頃からどちらかというと健康的な体形で、病気もあまりしませんでした。父にも気に入られようと頑張っていて……、それをいいことに、わたしはこの旅館での仕事をほとんど父と妻に押しつけ、別の仕事とかけ持ちで週末だけ帰ってくるような生活を続けていました。結婚当初は、むしろ忌々しい気持ちで、この旅館に寄りつきたくなかったんです。若く愚かだったわたしは、妻の容姿も愛美さんと比べてしまっていました」

聞けば聞くほど、万里絵の心情に寄り添ってしまう。夫の気持ちに気づかないなんて思えない。彼女がより千明の存在に敏感になるのは当たり前だ。

「今は、どう思っているんですか？」

信じたい。

千明だったら、愛されていない人の子を何人も産むなんて耐えられない。龍之介がそんな人ではないと思いたい。

若く愚かだったと自分を許する龍之介は、今は違う気持ちのはずだ。

「……結婚生活を送るうち、いつも健気に明るく振る舞う妻に情が湧きました。妻にそっくりな娘たちも、色白でころころして可愛かった。でもわたしは……、愛美さんへの申し訳なさが立って、誰も愛さないと頑なになっていました。わたしが幸せになるのはおかしいと」

「そんなこと……！　母はそんなの望んでいません！」

断言できる。

「お願いします、もし奥さまを愛していらっしゃるなら、これからでもやり直してください！　お、おれが言うことじゃないかもしれないけど……、でも……！」

母への贖罪から誰も愛さないなどと、間違っている。それでは誰も幸せになれない。

「……二十年以上も寂しい想いをさせて、十五年も別居して、今さら……」

ずっと千明と龍之介の父子の間を見守っていた大神が、初めて口を開いた。

「青木さん。あなたは奥さまを愛していますか?」

龍之介は、あらためて大神を見て不思議そうな顔をした。

大神は千明の肩に手を置き、ぎゅっと力を込めた。

「わたしは千明を……、妻を愛しています。家族を幸せにするのが、わたしの務めだと思っています。わたしの腕で抱えられるものなどたかが知れていますが、それでも家族の笑顔のためになら、どんな苦労も恥も厭いません」

「奈津彦さん……」

まっすぐ龍之介を見据える大神の横顔は、力強さに満ちていた。

「千明の母を不幸にしたとあなたは思っていらっしゃるようだ。それは違う、と言わせていただきます。千明の母は、千明という子を育ててとても幸せだったはずだ。なぜなら、千明がこんなにもやさしい人間に育ったから」

大神の言葉に、胸が熱くなる。

肩に置かれた手から温かさが伝わった。

「あなたから見た千明の母は不幸だったかもしれない。わたしの認識はそうではありませんが。もう故人である以上、本人に確認はできませんがね。でも、あなたにはまだ幸せにできる人がいる」

龍之介はハッと顎を上げ、目を見開いた。

「過去には戻れません。あなたは後悔し続けるでしょう。でもこれからのあなたの人生で、今がいちばん早い時間なんです。やり直すなら、少しでも早い方がいい。もう一度聞きます、青木さん。あなたは、奥さまを愛していますか？」

唇を引き結び、小さく顎を震わせていた龍之介は、やがて吐き出すように呟いた。

「愛しています……」

ずっと、千明の母への罪悪感で幸せを求められなかった父。その父を慕いながら、自分は愛されていないと絶望していた万里絵。

やっと歯車が嚙み合う。千明の母も、きっと安心するだろう。

龍之介が、

「すみません、妻を追いかけさせていただきます」

と立ち上がりかけたとき、先ほど出ていった虎太郎が蒼白な顔をして駆け込んできた。

「お父さん！　お母さんが……！」

虎太郎に話を聞いて、全員で急いで部屋を飛び出した。

曰く、万里絵は厨房に飛び込むと、包丁を手にしたという。驚いた虎太郎が止めようとしたが、万里絵は「こっちに来ないで！」と泣きながら包丁の先をのどもとに当てた。そしてのどが張り裂けんばかりの声で、「あっちに行って！　あっちに行って！」と叫ぶので、どうにもならなくて龍之介を呼びに来たのだ。

厨房に向かって走りながら、心臓が壊れそうに激しく打っている。全身がびっしょりと嫌な汗で濡れた。最悪の事態が脳をよぎり、焦りから足がもつれそうになる。

転げるようにして厨房になだれ込むと、そこにはもう万里絵の姿はなかった。

龍之介が大きく胸を喘がせながら、厨房内を見回す。

「万里絵……」

想像した凄惨な光景がなかったことに一瞬安堵したが、今度は彼女がどこに行ったのだろうという不安に取って代わられた。すぐに見つかると目的を完遂できないから、単に場所を他に移しただけの可能性が高い。

龍之介は真っ青になってテーブルに手をついた。

「わたしが不甲斐ないばかりに……、万里絵……っ」

「手分けをして探しますか？」

大神が提案する。旅館は本館、別邸、庭などの敷地まで含めるとかなり広い。しかも敷地内にいるとは限らないのだ。見つかるといいが……。

「妻に……、もしものことがあったら……」

龍之介の体が震え出す。

ここでこうしていても、なににもならない。千明はもどかしく、龍之介のスーツの袖を引いた。

「とりあえず、諭吉さんと美津代さんにも話して一緒に捜索を……」

「待ってください、お兄ちゃん」

虎太郎が、かけていた眼鏡をスッと外す。

そして厨房内をぐるりと見渡し、なにもない場所に向かって話しかけた。

「お母さんがどっちに行ったか、教えて？」

虎太郎はひとつ頷くと、なにか宙に浮いているものを見ているように歩き始めた。

「ついてきてください」

大神と顔を見合わせ、厨房を出ていく虎太郎の後ろを慌ててついていく。龍之介を促すと、困惑した表情で一緒に歩き出した。

「虎太郎くん、いったいなにを……」

「すみません、集中させてください」

そう言われてしまっては口を出せない。

虎太郎はときどき宙に向かって万里絵のことを尋ね、ありがとうと呟いて迷いのない足

取りで旅館を出て、竹林の奥に向かっていった。

外はもうかなり暗くなっていた。冬の日は短い。午後からちらちらと降り始めた雪が、みんなの足音を吸収する。ところどころ、万里絵のものと思われる靴あとが続いていた。

(ちゃんと万里絵さんのところに向かってるんだ……)

不思議な気持ちで、斜め前を歩く虎太郎の横顔を見る。

虎太郎は植え込みの手前で足を止めた。後ろに続く三人を振り返り、し、と唇に人差し指を立てる。

植え込みからそっと向こう側を覗くと、数メートル先で髪を乱した万里絵が雪の上に膝をつき、胸に包丁の先を当てていた。

ひゅ、と千明ののどが鳴る。

「万里絵!」

龍之介が妻の名を叫び、驚いた万里絵が包丁を取り落とす。龍之介は飛ぶような速度で駆け出し、包丁を拾おうとした万里絵の両手首を摑んで止めた。

「放して!」

「やめなさい!」

半狂乱になってもがく万里絵の力は、相当強かったらしい。両手首を摑まれたまま、もつれ合って二人ともが雪の中に転がった。

「うあ……っ！」

龍之介の悲鳴が聞こえ、万里絵がびくっと動きを止める。

「龍之介さん！」

万里絵が蒼白になって、龍之介に取りすがった。龍之介は自分の左手首を押さえた手を、ゆっくりと広げる。と、真っ白な雪の上に、ぽたぽたと赤黒い血が数滴落ちた。

「龍之介さん！　龍之介さん！」

「大丈夫、少し当たっただけだ」

言葉通り、血は数滴零れただけで、あまり深くはなさそうだった。

万里絵は「ごめんなさい……」と泣きじゃくりながら、雪の上に手をついて首を垂れた。

龍之介はやさしい目をして、そっと万里絵の乱れた髪を整えながら撫でる。

「わたしの方こそ、すまなかった。こんなにきみを追いつめて……。怪我(けが)はないか？」

万里絵はふるふると首を横に振る。

「そうか、よかった」

言って、龍之介は万里絵を抱き寄せた。

「り、龍之介さん……？」

万里絵はうろたえて、目をきょろきょろさせる。

「すまない……、すまなかった……。ずっときみに言えなかった言葉がある……。愛してる、万里絵」

龍之介の告白に、植え込みの陰から覗く千明たちは息を止めた。

万里絵は一瞬時間が止まったかのように動きを止め、やがてわなわなと体を震わせたかと思うと、龍之介の肩をどんと突き飛ばした。

「な、なによ……っ、あたしがこんな真似したら世間体が悪いから！　だから心にもないこと言ってごまかそうっていうんでしょう！」

龍之介は怒りと涙で充血した目を見開く万里絵の顔を、切ない瞳で見つめる。

「……最初は、親の決めた結婚に冷たい気持ちしか浮かばなかったことは本当だ。でもいつも元気に頑張るきみを見ているると、だんだん心が解されていく気がした」

万里絵は疑り深い目をして、低い声を出した。

「嘘よ……、週末以外、こっちに寄りつきもしなかったくせに……」

「きみに心惹かれていく自分が許せなかった。家のためにと男児を熱望してくれていたきみが、健気で愛おしくなってきて……。虎太郎が生まれたとき、男の子よって太陽のような笑顔を見せたきみに……、恋をしていることに気づいた」

ぐしゃっと顔を歪めた万里絵が、握った拳で龍之介の肩を叩いた。

「嘘つき！　虎太郎が生まれたときなんて、化粧もしてなくて、妊娠で太ってて顔もむくんでて、みっともなかったもの！」

「可愛かったよ。少なくともわたしには、可愛く見えた。今だって」

万里絵はまるで少女が照れ隠しに恋人の胸を叩くように、顔を伏せて何度も龍之介の肩を叩く。

「なんで今さら、そんなこと言うのよぉ……」

涙声の万里絵の両頬を手で包んだ龍之介が、自分の方に顔を上げさせた。

「大神さんたちと話したことで、やっと過去を吹っ切れた。きみがわたしと父のために、泣く泣く虎太郎を置いて出ていったことも知っている。全部わたしの弱さが招いたことだ。今までのことを許してくれとは言わない。どれだけ責められても構わない。でも……、これから、きみを幸せにする努力をさせてくれないか？」

万里絵はぼろぼろと涙を零しながら、龍之介にしがみついた。

「見ないでよ……」

「可愛いよ、万里絵」

そう言って万里絵の頬にキスをした龍之介を見て、三人は慌てて植え込みに顔を引っ込めた。

虎太郎は少し顔を赤くしながらも、嬉しそうな表情だ。大神が千明と虎太郎の背を押し、

「先に帰るぞ」

とその場を離れる。

自分たちがここにいたら、龍之介だって万里絵を連れて出てきにくいに違いない。

涙と鼻水でぐしゃぐしゃの顔をしていても、髪も服も乱れていても、五十がらみであったとしても、千明も万里絵を可愛いと思った。

「なんか万里絵さん……、すごく可愛かったですね。うらやましいくらい」

「俺は三百六十五日二十四時間おまえを可愛いと思っているが？」

ぱ、と千明の顔が赤くなる。

虎太郎がほほ笑みながら、

「お兄ちゃんのところは仲がよくていいですね」

などと言うので、真っ赤になって下を向いた。嬉しいけれど、人前では控えて欲しい！

話をごまかすように、虎太郎に話を振った。

「そ、そうだ、虎太郎くん。どうして万里絵さんのいる場所がわかったの？」

虎太郎はすでに眼鏡をかけ直していて、ああ、と笑って答えた。

「ぼく、霊の他に精霊の類も少しだけ見えるんですよ。そこここにいるから、母の行った方角を聞きました」

「ええ⁉」

それは、すごい能力なのではないか？

「え、じゃあ、探しものとか尋ね人とか、見つけられるの？　誰も見てないものも、わかったりする？」

「まあ……、できるかできないかで言えば、できるとは思いますけど」

霊関係には極端に怖がりの千明だが、目の前でこんな力を見せられたらさすがに興奮してしまう。

「すごい！　テレビで見る霊能力で事件を解決する人みたい！　そんなすごい力、どんどん使うべきじゃない⁉」

「いえいえいえいえ」

　虎太郎はぶんぶんと手を振って否定する。

「霊とか精霊って、いい性質のものばかりじゃないですから。生まれたときからここで過ごしててよく知ってる精霊だからやりましたけど、知らない土地の霊や精霊なんて、怖くてとても話しかけられませんよ。言葉が通じるとわかったら、なにが起こるか」

　凶暴な悪霊にとり憑かれる図を想像したら、一気に興奮が醒めた。

「そ、そうか……、ごめん」

「いいえ。知らない人がそう思うのは無理もありません。だから普段はこの力のことも隠してます」

　だよな、と思った。

「あ、でも、そしたら虎太郎くんは、この旅館の中で起こってることは全部わかっちゃうんだよね？」

旅館が再開してなにかトラブルがあったときは便利だろうと、なにげなく聞いたつもりだった。

虎太郎は気持ちを整えるように眼鏡の位置を直すと、ややきまり悪げに言った。

「あの……、お兄ちゃんたちの部屋のこと探ったりはしないので、そこは信用してください」

言われた意味がわかるまで数秒を要し、気づいた瞬間、走ってこの場から逃げ出したくなった。

「引き続き、浄霊の方はお願いします」

なにやらすっかり片づいたつもりになっていたが、ぜんぜん終わっていなかったと、熱くなる頬を押さえながら旅館までの道を歩いた。


薄暗い閨の中に、大神の灰褐色の獣毛が白っぽく浮かび上がる。赤い褥(しとね)との対比が艶めかしくて、幻想的な雰囲気を醸し出している。

「あ……、う……、ああ…………」

大神を見下ろす形で跨(また)った千明は、夢中で腰を振り立てた。大神がうっとりと目を細める。

「いつもよりねっとりと纏わりついてるぞ。興奮してるのか」

「だ……って、こんな……」

ぎゅう、と淫筒で大神を締め上げた。オオカミの唇から、官能の吐息が漏れる。

自分が大神に跨る形は、別段珍しいものではない。なのに、いつもより感じている。ただ、大神の首に浴衣の帯を回して馬の手綱のように握っているだけで。

「お馬さんに乗るのが好きか？」

幼児プレイのような言葉で揶揄(やゆ)されて、恥ずかしいのにそれがまた快感を煽る。

四十八手のうち、紐状のものを使うプレイがいくつかあった。そのひとつがこの〝流鏑(やぶさ)馬(め)〟だ。

その名の通り、騎乗位の形で乗馬の手綱ように男の首に紐をかけて引っ張る。たった一本の紐があるだけで、まるでSM行為をしているようで、格段に興奮した。

拳に巻いて握った帯が主人の証に見えて、自分が大神を支配しているような気持ちになる。自分の意のままに動かしたくなって、ぐっと帯を引いた。

千明の興奮に舌なめずりをした大神が、牙の間からちらりと舌を覗かせた。

「可愛い女王さまだ」

下からぴん、と乳首を弾かれ、淫棒を咥え込んだ肉壁がじゅんと熱くなった。

「種馬から下克上されたら、女王さまはどんな鳴き声を聞かせてくれるかな」

「え……、ひゃぁ、うっ……！」

大神が千明の腰骨を摑んだかと思うと、下から力強く突き上げた。

ずん！　と重い衝撃が突き刺さる。

そのまま流鏑馬というより、ロデオのように激しく上下に揺さぶられた。

「あっ、あああぁ、あぁっ、やあっ……、だめえ……っ！」

リズミカルに腹の奥を突かれるたび、白目を剝きそうな衝撃が脳天まで抉り抜く。

大神は獣人特有の剛腕でもって、楽々と千明の体を操る。突き上げるときは千明の腰を落とし、引き抜くときは持ち上げられれば、毬のように大神の上で体を跳ねさせられた。

「き、亀頭球までっ、はいっちゃうぅ、ぅ、あーーーっ、っ、っ……！」

長いストロークで媚肉をこすられ、熱塊が出入りする卑猥な肉音が耳を犯す。千明の雄茎の先端が激しく上下に揺れ、自分と大神の腹を交互に叩いていても、両手で手綱を握っているせいで押さえることもできない。

「手綱を離すなよ、やり直しになるぞ」

意地悪な言葉に、きゅんと感じてしまう。どろどろに甘やかして可愛がられても、千明が泣くまで虐められても、どちらも愛情の発露だと知っているから。

「むり……っ、あああ、はぁぅ………っ！」

快感のあまり帯を手放しそうになった千明の拳を、大神が上からぎゅっと握り込んだ。

「ああ……、ほら、出すぞ……」

大神の熱いため息とともに、千明の中心を貫く剛棒がぐぐっと質量を増した。愛しい夫の種を欲しがった淫道全体がぴっちりと男根に吸着し、吸い上げるように蠕動する。

「い……、ああ、いく……っ、い、……――っ、ぁぁぁぁっっっ！」

「……っ、く、ぅ」

宙に揺れる千明の勃起から白濁が飛び散ると同時に、どくどくっ、と腹の奥に熱いものが注がれる。

イヌ科の高い体温を持つ大量の精液が肉筒に溢れ、限界まで引き伸ばされた肉環から零れ出す感触にぶるりと背を震わせた。

「ふぁ……」

快楽の余韻でめまいがする。

大神が体を起こし、千明の背を支えた。

「大丈夫か？」

「ん……」

上気した千明の頬に、大神がちゅ、ちゅ、とやさしく口づける。

意地悪をしたくせに、事後はこうやって甘やかす。その落差が甘すぎて、中毒のように大神との行為に溺れてしまう。

「このまま〝首引き恋慕〟に移るぞ」

気づけば、輪にした帯で首同士を繋がれていた。背を支えている間に結んだのだろう。ちっともわからなかった。

浴衣の帯がそこそこ長いとはいえ、大人二人分の首を繋げば、顔はかなり近くなる。

対面座位で首をつながれた不自由さが背徳的なスパイスになって、近距離で見つめ合うと恥ずかしくなった。

繋がれているだけで、別に普段している体位と変わらないのに。こんな小道具ひとつで非日常感が出て、体温が上がってしまうのはなぜだろう。

「あ、ん……」

咥え込んだ雄をきゅ、と肉襞で食むと、大神が吐息を漏らすように笑って腰を回した。

蕩けるようなさざ波が広がって、甘えた声が鼻に抜ける。

たっぷりと精液を注がれた蜜壺をシチューみたいにかき混ぜられると、ひどく淫らな音がした。

ゆったりとした腰の回転は、千明の快楽を置いていかない。大神の肩に手を置き、かき混ぜられる動きに合わせて自らも腰を上下させる。

「あ、あ、あ、あ、ん……、ああ……、きもちいい………」

「気持ちいいか。俺もだ」

自分がこの人を気持ちよくしている。

嬉しくなって、大神の首を抱き寄せた。裸の胸同士が合わさり、大神の毛に絡んでいた精液が冷たく肌を濡らす。さっき千明が放ったものだ。

ぬるっとした感触は一瞬気持ち悪かったのに、いやらしい匂いが鼻腔に届くと、かえって興奮してしまった。

わざと胸をこすり合わせて、精を塗り広げる。

匂い立つ濃厚な性の香りが、脳髄を痺れさせた。徐々に腰の動きが早くなる。

「ん……、ん……」

汗ばんだ白い肌を淫らにくねらせ、快感を追うことに没頭する。大神がつんと尖る千明の乳首を親指の腹でくりくりとこね回した。

「は、あ……っ！」

獣毛に覆われているのに千明を悦ばせることに器用な大神の指は、小さな突起をつまみ、軽く爪を立て、やさしく撫でて執拗なほど可愛がる。そのたびきゅんきゅんと下腹に甘痒い熱が集まった。

「やめ、て……、きもちいい、から……ぁ、っ」

快感から逃げたくてのけ反りそうになると、首に巻いた帯に邪魔をされた。

逃げるのは許さないとばかりに、大神が帯を手に巻きつけ、手繰り寄せてキスをする。

「ん……」

離れそうになっても引き戻される。

甘い甘い束縛にも似たセックスは、二人だけの世界で愛し合っているようだ。

「ちー……、愛してる……」

ふわ、と幸せに包まれた。

自分の中にいる智佐子が喜んでいるのを感じる。

彼女の願いを叶えてあげたい。無事に成仏させてあげたい。その気持ちに偽りはない。

けれど――。

「あいしてるよ……、オオカミさん……」

ごめんなさい。

この人は自分だけの夫だから。誰にも譲れない。千明だけの呼び方をして、愛しい人をぎゅっと抱きしめた。

朝食後は、子どもたちと虎太郎と一緒に雪合戦をした。

昨夜からゆっくりと降り積もった雪はやわらかで深すぎず、空はきれいに晴れ渡り、雪合戦にはうってつけだった。

「二チームに分かれましょう。って言っても、大神さんにはハンデが必要ですよね」

虎太郎がそう言って、なんと大神一人VS他全員という、チーム戦とは名ばかりの集中攻撃の図が出来上がった。

だが大神も子どもたちを楽しませるため、

「よぉし、オオカミ男の本気を見せてやるぞ。まとめてかかってこい！」

くいくい、と人差し指を曲げて子どもたちを挑発する。

子どもたちは大喜びだ。

「行けーっ！」

「オオカミ男をぶっ倒せ！」

わーっ！　という歓声とともに、子どもたちが足もとの雪をすくって次々大神に投げつける。

大神は形ばかり、「うおっ」「やるな！」と雪玉に怯んだ真似をし、

「だがこの俺さまには効かん！」

雪を払いのけて、ガーハッハッハ！　と悪の親玉のような笑い方をした。ノリノリであ

る。

そして本物のオオカミのように雪面に両手をついて獣の姿勢を取ったかと思うと、ギラリと目を光らせ、すごい速さで雪玉を作って投げ出した。しゅばばばば……！　という音が聞こえてきそうだ。

「うわっ、ぷ……」

「きゃあっ」

「あたったー！」

楽しげな笑い声が響く。

もちろん当たっても痛くないよう、軽く握っただけの雪玉である。

やはり成人のハイブリッドアルファの身体能力は高く、子どもたちの投げる雪を器用に避けながら、いろいろな角度で投げてくる。

虎太郎はまるで戦隊ものの参謀のような知的でクールな表情をしながら、「さすがに敵は強い。よし、人質作戦だ」と卑怯なことを言う。それは悪役のセリフではないのか。

「純くん、蓮くん、千明お兄ちゃんを盾にして！」

「えっ」

千明が驚く間もなく、純と蓮に両腕をがしっと摑まれた。そしてずいと大神の方に押し出される。

「これでどうだ、オオカミ男！」

「雪を投げられまい！」

純も蓮も、すっかりその気で芝居がかったセリフを吐いた。

「ぐうう……っ、卑怯だぞ、貴様ら……！」

牙を剝いた口から白い息を吐き出し、のどをぐるぐると鳴らせて唸る。もはや寸劇を見ている気分だ。

千明たちの後ろから、虎太郎の声が聞こえる。

「よし、ここで秘密兵器投入だ。亮太くん、美羽ちゃん、一気に雪玉を作って攻撃するよ！」

肩越しに振り向くと、開いた型に雪を詰めて挟むだけで五つも雪玉ができる、プラスチック製のスノーボールメーカーを用意していた。これなら小さな子どもでも簡単に手早く、たくさんの雪玉が作れる。

あっという間に大量の雪玉を作ったちびっこたちに、虎太郎が号令をかける。

「行くぞ、りょーたん、みゅーたん！　オオカミ男をやっつけろ！」

いつの間にやら、戦闘員ネームのような呼ばれ方までしている。

おーっ！　と応えた子どもたちが全員で腕いっぱいに雪玉を抱え、大神に総攻撃を仕かけた。雪玉を投げつけながら大神に近づいていく。

司令塔になった虎太郎が振り向いた。

「ちーたんも、早く！」

「えっ、おれ？」

ち、ちーたん？

戸惑いつつも勢いに圧され、残りの雪玉を手に持って子どもたちと一緒にオオカミ男に投げつけた。

大神は両腕で顔と体を守りながらじりじりと後ずさっていたが、美羽の投げた雪玉が顔面に当たると、「やられたー！」と叫びながら雪の上に仰向けに倒れ込んだ。

「まいった！　降参だ！」

わあああっ、と子どもたちが歓声を上げて、倒したオオカミ男の周りを飛び跳ねる。灰褐色の毛を雪塗れにした大神は、笑いながらまいったまいったと繰り返した。

楽しくて、みんな腹の底から笑い転げている。最高の冬休みだ。

倒れたオオカミ男を高い位置から見下ろして勝利を味わいたかったのか、美羽が虎太郎に「だっこ」と両腕を上げる。

すぐに抱き上げられると、美羽は勝利の興奮そのままに、虎太郎の首に抱きつく。

寝転がったままの大神の耳が、ぴくんと動いた。

「やったね、こたろーおにいちゃん！」

「やったね、みゅーたん。ぼくたちの勝利だ」

美羽はうん、と大きく頷くと、

「こたろーおにいちゃん、だいすき！」

ちゅ、とほっぺにキスをした。大神が目を剝いて飛び起きる。

「のあーーーーっっっ！　美羽、なんてはしたないことを！」

美羽が赤ちゃんの頃から、千明も大神もしょっちゅう頰にキスをしている。乳幼児のほっぺはぷくぷくとしてやわらかくて、気持ちいいのだ。

だから美羽も、家族や人形にはよく「ちゅー」と言って頰にキスをしている。たくさん遊んでくれるやさしい虎太郎は、もう美羽のキスの対象なのだろう。千明と似ているというのも、懐きやすいポイントかもしれない。

大神の興奮も美羽はどこ吹く風といった様子で、虎太郎の首にかじりついたまま、きょとんとしている。

「みう、こたろーおにいちゃんとけっこんするんだもん」

がーん！　という音が聞こえそうな表情で、大神が情けなく口を開いた。わなわなと体を震わせる。

「ゆ、許さんぞ！　叔父と姪だ！」

「そんな、奈津彦さん……」

つい苦笑した。三歳児の言葉を本気にせずとも。

虎太郎も楽しそうに笑っている。その屈託のない笑顔を見ていたら、大神もだんだん表情を弛め、最後は一緒に笑い出した。

「見て見てー」

「アヒル作ったよ」

純、蓮、亮太は虎太郎が用意してくれたアヒルを作れるスノーボールメーカーで、アヒルの大軍を作っていたらしい。

雪面に、お風呂に浮かべるアヒルのおもちゃのような形の雪玉が、たくさん並んでいた。

「かわいい！」

小さいとアヒルというよりヒヨコのようで、今にもピヨピヨ鳴きだしそうだ。

「みうちゃ、アヒルさんだよ」

亮太が真っ白なアヒルを手渡すと、美羽は喜んでアヒルの横顔にもキスをした。

「つめたーい」

子どもの興味は移りやすい。美羽はアヒルの側に行きたがって、すぐに虎太郎の腕から下りた。

アヒルの側に駆けていく美羽を見送っていると思った虎太郎の視線が、わずかにずれていると気づく。

「虎太郎くん？　なに見てるの？」

「あ、いえ……」

もしや。

「あの男の子……、いるの？」

はやり病で亡くなったという、智佐子の息子。

虎太郎はごまかせないと思ったのか、素直に頷いた。

「はい。楽しい声が聞こえるから、一緒に遊びたくなったみたいです」

なんだか切なくなった。智佐子も怖い霊ではないと思っている今、赤ちゃんにも恐怖を感じなくなっている。

「その子、智佐子さんが成仏したらどうなるのかな」

虎太郎は安心させるようにほほ笑んだ。

「智佐子さんが一緒に連れていきます。大丈夫ですよ」

「そっか」

それならよかった。ますます頑張らねば、と気持ちが新たになる。

この年末年始は一生忘れられなくなりそうだ、と青い空を見ながら思った。

昼を過ぎてから、大神家の子どもたちに会いたいという正の希望で、全員が日本間に集まった。

「失礼します」

千明が襖を開けると、昨日と同じ位置に座っていた正が、目尻を下げてこちらを見た。

「よく来た、よく来た」

昨日よりはずいぶん顔色もよく、元気そうに見えて安心する。

病院からの移動が負担だったり、智佐子のことが心配で心労がかかっていたのだろう。慣れた家でひと晩ゆっくり休んで、体調が落ち着いたようだ。

正の向かいには、昨日とは打って変わって仲睦まじげに寄り添う龍之介と万里絵が座っていた。万里絵は千明たちを見ると、恥ずかしそうにしながらも会釈をした。

亮太は見慣れない大人たちの前で緊張している。人見知りをまったくしない美羽は、「こんにちは！」と元気よく挨拶した。純と蓮も、「はじめまして」と丁寧に挨拶をする。

千明は美羽の両肩に手を置いた。正に向かって紹介する。

「これがおれの娘、美羽です」

「みう、三さいです！」

正が頷きながら目を細める。正にとってはひ孫である。

千明は続けて美羽の後ろに立つ兄たちを紹介した。

「そしてこちらが、大神の甥たちです。大きい順から、純くん、蓮くん、亮太くんです」

純と蓮が会釈をし、亮太は二人の後ろに隠れるようにして顔を出して、耳と尻尾をぴくぴくと動かした。

「おじいちゃん、だぁれ？」

美羽が無邪気に尋ねる。

「美羽の……、おじいちゃんかな。じーじだよ」

「じーじ」

正確にはおじいちゃんのお父さんだが、美羽には難しいだろう。正は皺だらけの顔に満面の笑みを浮かべて手招きをする。

「美羽ちゃんか。おいで。じいちゃんに顔を見せとくれ」

美羽がちらっと千明を見る。知らない人には千明の許可なくついていかないよう、普段から言い聞かせているから。

千明が頷いて肩を押すと、美羽はにこっと笑顔を作って正の側に駆け寄った。

「じーじ、かいとうモフリーナってしってる？」

小さな子は、すぐに自分の大好きなアニメやゲームの話をしたがる。

「ん？　なんだい、お菓子の名前かい？」

「ちがうよー。ワンちゃんのおんなのこでね、しろくってー……」

美羽が懸命に説明するのを、正はほうほうと頷きながら聞いている。

大好きな怪盗モフリーナの話になって加わりたくなった亮太がもじもじしているのを、純と蓮が背中を押してやる。子どもたちがみんな正を取り巻いた。

最初は正に話しかけられてもおずおずとしていた亮太も、美羽に引きずられてすぐに慣れたようだった。正は子どもたちに囲まれて、嬉しそうに話を聞いている。

（よかった）

虎太郎から、正が千明に会うのが真の目的ではなかったと聞いたとき、子どもたちは邪険にされるのではと心配だったのだ。

安心して居住まいを正したところで、龍之介が口を開いた。

「さて、昨日はいろいろお騒がせして申し訳ありませんでした。おかげさまでこの通り、妻とはやり直せることになりました」

隣に座る万里絵の手を握る。万里絵は少女のように頬を赤らめ、千明と大神に向かって頭を下げた。

「昨日は本当にたくさんの失礼を……。申し訳ありませんでした」

殊勝に謝る万里絵は、憑きものが落ちたように険の取れた顔をしている。まるで昨日の姿は幻だったように。

「おれの方こそ、不快な思いをさせたと思います。配慮が足りず、申し訳ありません」

昨日の時点では、こんなふうに互いに謝れるなんて思わなかった。歯車なんて、一瞬で外れたり噛み合ったりするのかもしれない。

龍之介は、あらためて大神と千明の顔を交互に見た。

「昨日少し話に出た相続についてですが、今日は父も体調がよく、午前中にわたしと話し合いました」

虎太郎の頰がぴくりと動いた。懇願するようなまなざしで龍之介を見る。

龍之介はそんな虎太郎を見て、ふっとほほ笑んだ。

「父さんは、どうしてもおまえにこの旅館を残したいそうだ。わたしは自分の感情からここを取り壊そうと思っていたが、考えを改めた」

虎太郎の表情が晴れやかなものに変わる。

「ただし、条件がある。別の場所で暮らせば、ここがどれだけ小さな世界だったかを思い知らされるだろう。だから、おまえが大学を卒業するまで意志が変わらないこと、それまでに旅館再建のためのプランを作ること、もちろんきちんと大学を卒業すること」

「充分です！　ここを立て直す知識を身につけるために、ぼくは大学に行くんです」

よかった。

心から安堵する虎太郎を見て、千明も胸を撫で下ろす。

「そして千明さん、あなたの相続についてですが」

龍之介に言われ、千明は慌てて手を振った。

「いりません！　そのぶん虎太郎くんの旅館経営に回してください。あ、でも……」

「なんですか？　もし欲しいものがあるなら、絵画や置物でも」

千明はちらりと虎太郎を見て、いたずらっぽい表情をした。

「この旅館の宿泊券、家族分欲しいです。旅館が再開したら」

「お兄ちゃん……」

虎太郎は一瞬驚いた顔をしたあと、嬉しそうに笑った。

「はい。なんなら一生使えるフリーパス発行します」

「やったあ！」

また来よう。次ははつ江とクーも一緒に。

早くても五年十年先の話になるだろうが、きっとあっという間に違いないと思った。

「でもその前に、浄霊だけはお願いしますね、お兄ちゃん」

晴れやかな笑顔のまま虎太郎に言われ、撃沈した。

「奈津彦さぁん」

大神にすがれば、よしよしと慰めてくれる。

「ママぁ、じーじ、ゆきウサギつくるって」

ろだった。

美羽に言われて見てみれば、正は純と蓮に両脇を支えられて座椅子から立ち上がるとこ

「ええ?」

「お義父さん、無理しないでください!」

万里絵が駆け寄ると、正はほっほっとサンタクロースのように笑った。

「子どもたちに囲まれていたら、なにやら元気が出てきてなぁ」

「よかったね、おじいちゃん」

虎太郎も喜んで、一緒に庭に出ていく。

わいわいと楽しげな姿を見送っていたら、千明の中に温かい気持ちが浮かんできた。

自分の家族が、また増えた。

「お母さんも、喜んでくれるかなぁ」

独りぼっちだった千明に、どんどん家族が増えていく。

「それは喜ぶだろう。おまえの母親だからな」

大神がぽんぽんと千明の頭を撫でる。子どもみたいに、えへへと笑った。

「俺も怖い絵本のインスピレーションが湧いてきたぞ」

事実は小説より奇なり、というけれど、まさか本物の幽霊に出会うとは思わなかった。

自分は見えていないけれど。

ああ、でも、本当にこの冬休みは一生忘れられなくなりそうだ。

あとがき

こんにちは。かわい恋です。

このたびは『オオカミパパと青鬼の一族』をお手に取ってくださり、ありがとうございました。こちらは『オオカミパパに溺愛されています』『オオカミパパとおうちごはんで子育て中』『オオカミパパの幸せ家族計画』に続き、シリーズ四作目になります。もしシリーズ未読の方がいらっしゃいましたら、そちらからお読みくださいませ。

今回の作品は、前作幸せ家族計画の二か月後くらいの冬休みになります。いつも仲よしの大神一家、今作でも楽しそうな様子をぜひご覧ください。

ちょっと昭和ミステリ風の舞台を目指してみたんですが、本当に風味だけなので、千明同様怖がりの読者さまにもお楽しみいただければと思います。

恒例の「落ち着け、奈津彦！」（フォロワーさま命名）もといパパ視点のＳＳが入らなかったのが心残りですが、また機会を見て書かせていただきますね。

さて、私事ですが家庭の都合で休筆期間ができてしまい、私にとって二年ぶりの新刊になりました。執筆の勘が戻らず、担当さまには大変なご迷惑をおかけしてしまいました。冷や冷やさせてしまい、申し訳ありません！　今後もよろしくお願いいたします。

榊先生、いつも素晴らしいイラストをありがとうございます。先生のイラストを拝見すると、大神家の楽しげな声まで聞こえてきそうです。今回の表紙も可愛い！

そしていつもおつき合いくださる読者さま。たくさんの応援をいただき、またまた続編を書かせていただくことができました。深くお礼申し上げます。いつもありがとうございます。

久しぶりの刊行で色々不安になっている部分もありますので、よかったらご感想をお聞かせください。お手紙はハードルが高いと思われる方は、出版社さまのメールフォームをご利用くださいませ。

また次の作品でもお目にかかれることを願っています。

かわい恋

X（Twitter）：@kawaiko_love

本作品は書き下ろしです

かわい恋先生、榊空也先生へのお便り、
本作品に関するご意見、ご感想などは
〒101-8405
東京都千代田区神田三崎町2-18-11
二見書房　シャレード文庫
「オオカミパパと青鬼の一族」係まで。

オオカミパパと青鬼(あおおに)の一族(いちぞく)

2023年11月20日　初版発行

【著者】かわい恋(こ)

【発行所】株式会社二見書房
東京都千代田区神田三崎町2-18-11
電話　03(3515)2311［営業］
　　　03(3515)2313［編集］
振替　00170-4-2639
【印刷】株式会社 堀内印刷所
【製本】株式会社 村上製本所

落丁・乱丁本はお取り替えいたします。
定価は、カバーに表示してあります。

ISBN978-4-576-23125-9

https://charade.futami.co.jp/